小説こちら葛飾区亀有公園前派出所

秋本　治　原作

大沢在昌
石田衣良
今野　敏
柴田よしき
京極夏彦
逢坂　剛
東野圭吾

小説こちら葛飾区亀有公園前派出所　目次

本書は二〇〇九年九月、j・BOOKSとして刊行されました。
単行本　二〇〇七年八月、集英社刊
初出誌　週刊プレイボーイ
幼な馴染み
二〇〇六年NO・四二～NO・四三
池袋⇕亀有エクスプレス
二〇〇六年NO・四四～NO・四六
キング・タイガー
二〇〇六年NO・四七～NO・四九
一杯の賭け蕎麦 ―花咲慎一郎、両津勘吉に遭遇す―
二〇〇六年NO・五〇～NO・五二
ぬらりひょんの褌
二〇〇七年NO・一／二～NO・五
決闘、二対三！の巻
二〇〇七年NO・六～NO・九
目指せ乱歩賞！
二〇〇七年NO・一〇～NO・一一
・「ぬらりひょんの褌」は二〇〇八年一二月、単行本『南極（人）』、一〇年一二月、徳用廉価版『南極（廉）』（ともに京極夏彦著・集英社刊）にも収録されました。

まえがき

『こちら葛飾《かつしか》区亀有《かめあり》公園前派出所』という作品は、ぼくにとって「おもちゃ箱」です。

ギャグあり、メカあり、下町あり、懐かしネタあり、最新ネタあり、人情ありと、箱の中味は多種多様。今日はその中から何を取りだし、「両《りょう》さんたち」を使ってどうやって遊ぼうかと毎回、楽しみです。ぼくはもともと一人っ子なので、子供のころから粘土で宇宙人や怪獣を半日作っていたり、鉛筆と紙さえあれば一日絵を描《か》いて遊んでいたりする、便利な子供でした。

だから『こち亀』を描くのは、仕事というより遊んでいるという感覚なんです。

今回、その「おもちゃ箱」を作家の方々に開けてもらいました。大概の遊び方は試したと思っていたけど、まだまだ、遊び方はあるんだと見せていただきました。「リカちゃん人形遊び」のように、同じ人形でさまざまなお話――プラモ講座や妖怪《ようかい》、拳銃《けんじゅう》、金儲《かねもう》け、大食い、同僚、友情、などいろいろと遊び方を考えてもらって、大変感謝しています。なんせ主人公は70年代から使っているおもちゃなので、GIジョーくらいレアになっていますが、今回の企画で新しい可能性がまだまだあることを再発見してもらえれば、おもちゃ箱の持ち主として大変嬉《うれ》しいです。

秋本　治

主な登場人物

両津勘吉（りょうつ・かんきち）
新葛飾署地域課の亀有公園前派出所に勤務する、破天荒な巡査長。儲け話となると何であれ、すぐに飛びつく。手先が器用で、多趣味。

中川圭一（なかがわ・けいいち）
同派出所勤務の巡査。中川財閥の御曹司。拳銃と車のコレクターで、射撃と運転の技術はプロ並み。

秋本麗子（あきもと・れいこ）
新葛飾署交通課の同派出所に勤務する巡査。秋本財閥の令嬢で、母親がフランス人のハーフ。

大原大次郎（おおはら・だいじろう）
同派出所の班長で、両津たちの上司。巡査部長。頑固で真面目な昔かたぎの警察官で、やりたい放題の両津を目の敵にしている。

寺井洋一（てらい・よういち）
同派出所に勤務する、家族思いのごくフツーの警察官。

屯田五目須（とんだ・ごめす）
新葛飾署の署長。大原同様、両津の常識外れの行動に頭を痛めている。

●

鮫島（さめじま）
新宿署生活安全課勤務。キャリアとして若くして警部となるが、警視庁公安部の派閥争いに巻き込まれ、新宿署に配属された。

青木昌（あおき・しょう）
人気ロックバンド「フーズ・ハニイ」のリードヴォーカル。鮫島の恋人。

藪英次（やぶ・ひでじ）
新宿署の鑑識係員。銃器に強く、弾道検査にかけては警視庁でも屈指の腕前。

●

マコト
池袋・西一番街の果物屋の息子。家業を手伝いながらトラブルシューターをしている。

●

花咲慎一郎（はなさき・しんいちろう）
新宿二丁目にある無認可保育園「にこにこ園」の園長。いつ潰れてもおかしくない赤字経営の園を、私立探偵の副業でどうにか支えている。

●

南極夏彦（なんきょく・なつひこ）
小説家。デビュー作は『種馬の長い尿意』。『肉牛のサンバ』『土佐犬の吐息』

『パラサイト・デブ』などの作品がある。
通称、簾禿げ。

謎の老人
中野で古くから古書肆《こしょし》を営む老人。妖怪に就いて詳しいらしい。

●

梢田威（こずえだ・たけし）
御茶ノ水署生活安全課保安二係勤務。毎度のように昇任試験に落ち、未だ巡査長。

斉木斉（さいき・ひとし）
同保安二係の係長。警部補。部下の梢田は小学校時代の同級生。

五本松小百合（ごほんまつ・さゆり）
警視庁から斉木たちの部署に配転されてきた女刑事。梢田より若いが、すでに巡査部長。

牛袋サト（うしぶくろ・さと）
警視庁生活安全部生活安全総務課の管理官。五本松を本庁から御茶ノ水署に配転させた。

公式サイト　こち亀.com

http://www.j-kochikame.com/

小説こちら葛飾区亀有公園前派出所

幼な馴染み

大沢在昌

正月明け早々、休みがとれたと晶《しょう》から連絡があった。

「浅草《あさくさ》いってみたいんだよね。初詣《はつもう》でって奴《やつ》」

鮫島《さめじま》は絶句した。元旦《がんたん》は過ぎたにせよ、正月の浅草寺《せんそうじ》、仲見世《なかみせ》は、地方からの観光客も多く、人でごったがえす。そんなところに晶が現われたら、どんな騒ぎになるか。最近は一時よりテレビ出演を控えているらしいが、ファンにはひと目でわかるだろう。

晶がボーカルをつとめるバンド「フーズ・ハニイ」は昨年の秋、新しいアルバムをリリースした。百万にもう少しで届く、という売り上げだったらしい。

「何、黙ってんだよ。あたしといっしょじゃ浅草も歩けないっての」

鮫島の沈黙の理由を悟ったのか、晶は尖《とが》った声をだした。

「新宿《しんじゅく》がまずいっていうから浅草にしたんだ。あたしだってたまには神社仏閣ってところもいきたい」

確かに新宿ほどは、やくざ、チンピラに晶がからまれる可能性は高くない。

「それともどこだろうと、あたしとじゃ嫌なわけ」

「そうじゃない、そうじゃないが……」

「だったら決まりね。そうだ、前に藪《やぶ》さんがあっちの方の出身だっていってたじゃん。藪さんも誘おうよ。おいしいご飯屋さんとか知ってるかも」

二人きりよりはましかもしれない。露骨に〝デート〟という印象ではなくなる。

「だいたいね、考え方が古いんだよ。別にアイドルやってるわけじゃないんだから。男といっしょに歩いてたって、文句いわれる筋合い、ないっての」

晶の勢いに押された。このところ、街なかで会う機会がめっきり減っていて、それに対する不満が晶にはたまっているようだ。

「わかった。藪に訊《き》いてみよう」

しかたなく、鮫島はいった。

「おっしゃ。約束だかんね。ドタキャンしたら殺すよ」

物騒なことをいって、晶は電話を切った。

幸い、藪もその日は非番で、予定がなかった。食事をする場所も、天ぷら、牛鍋屋《ぎゅうなべや》あたりなら心当たりがあるという。三人は待ち合わせて、浅草寺の仲見世通りに向かった。案の定、人でごったがえし、行列に近い。

晶も少しは考えたらしく、キャップをま深にかぶって、太いマフラーを首に巻きつけ、ひと目では顔がわからないようないでたちだった。藪はさすがに白衣こそ着ていないが、よれよれのコートの下にハイネックのセーターと膝《ひざ》のでたスラックスという格好で、会うなり晶に、

「藪さん、あいかわらずだね、お嫁さん早くもらいなよ。もしあてがないなら、あたしがなってあげようか」

とからかわれた。藪は平然と、

「それいいな。もし晶ちゃんが嫁にきてくれるなら、鑑識なんてつまらん仕事をやめられる」

と答えた。弾道検査では一流の腕をもつ藪だが、〝変人〟ぶりが災いして、本庁や科捜研からの誘いもこない。科捜研は、警視庁におかれた法医や化学の専門集団で、しばしば所属する研究員も藪に知恵を借りにくるほどなのに、だ。

藪本人は、それをまったく苦にしておらず、新宿署の、一鑑識係にすぎない立場をむしろ楽しんでいる風だった。名前のせいで医者になるのをあきらめた、とよくいっているが、たぶん実家が裕福なのだろう。

「鑑識やめて、何になるんだ」

鮫島は訊《たず》ねた。

「そうだな。下町の駄菓子屋なんてどうだ」

「あれはおばちゃんがやるもの。おっさんには似合わない」

晶が首をふった。

「じゃ、ヒモか」

鮫島がいうと、晶は目を三角にした。

「冗談じゃないよ。あたしが食べさせてもらうんだもん。ヒモは駄目」

「晶ちゃん、元手をだしてくれよ。渋いオモチャ屋でも始めるから」

「渋いオモチャ屋って何」

「金属製のモデルガンとかラジオキット、精巧なプラモデルとかを集めた、大人向きのオモチャ屋」

「それ、大人のオモチャ屋ってこと?」

晶が吹きだした。鮫島も笑った。

「かなり怪しいな」

「でも藪さんにぴったり、かも」

「あのな」

藪が抗議しかけた、そのとき、人ごみの前方を歩いていた男が大声をあげた。

「もしもし、気をつけなさい！」

あたりの人間が足を止める。声をかけられたのは、晴れ着をまとった若い女の二人組だった。

さっと目の前で人が動いた。女二人を囲むように歩いていた四人の男たちが離れたのだった。四人はあたりの人間をつきとばすようにして、その場から駆けだした。

きょとんとしている女二人に、声をあげた男が歩みよった。白髪頭で、着古したスーツにループタイを締めている。年齢は六十代の半《なか》ばだろう。

「スリだよ。あんたのバッグをカッターで切ろうとしておった」

「えっ」

女が驚いてバッグをのぞいた。片手に携帯電話を握りしめている。

「歩きながら携帯なんかいじっとるから狙《ねら》われるんだ。気をつけなさい」

叱《しか》るような厳しい声音でいった。女はしょんぼりとなって頭を下げた。

「すみません」

「まったく、ああいう奴らが跋扈《ばっこ》しとるというのに警察は何をやっとるんだ」

腹立たしげに男がいった。晶が笑いをこらえた顔で鮫島を見た。

警官は、仲見世のそこここにいる。人間の交通整理をするために、踏み台に乗り、あちこちに目を配っているのだ。

「お巡りさんを呼びますか」

鮫島は声をかけた。男が向きなおり、おごそかな口調でいった。

「いや、実害はなかったのだからよいでしょう。あれは外国人だな。集団で囲んで悪さを働く」

鮫島は頷《うなず》いた。何もなくてよかった、と思った。凶暴なスリ集団が、韓国から日本に入っている。スリといっても指先を駆使した巧妙な〝芸〟を用いるのではなく、電車の車内や人ごみでとり囲み、バッグなどを切り裂いて中身を奪う、乱暴な犯行だ。発覚すると、隠しもった刃物をふり回したり、催涙スプレーなどを噴霧して逃亡するのだ。とりおさえにあたった警官にも受傷被害がでている。

万一、スリグループが開きなおったら、この男だけでなく、周囲の人間にも被害が及びかねなかった。

「どうもすみませんでした」

獲物にされかけた女たちがいって後退《あとずさ》りした。この場から早く離れたいようだ。

「うん。気をつけるんだ。あんたらもな」

男は答え、最後の言葉を鮫島や晶に向けて告げた。歩きだし、遠ざかった。

「聞いた、今の。あんたらもっていわれちゃったぜ」

晶が笑いながら、鮫島のわき腹を小突いた。

「プロのハコ師だったら、確かに俺《おれ》でもやられるだろう。ベテランの仕事は神業らしい」

鮫島がいうと、歩き去った男の行方を目で追っていた藪がふり返った。

「減ってるのだろ、そういうのは今――」

「ああ。昔とちがってカードがあるんで、多額の現金をもって歩くのがいなくなったからな」

「ハコ師ってスリのこと？」

晶が訊ねた。

「そうだ。電車を専門にやるのが長ハコ師だ」

「別に現金をもってなくても、クレジットカードやキャッシュカードがあるじゃん。そういうのだって今は金になるんだろ」

「プロのスリってのは、プライドが高い。財布をスって、現金だけを抜き、場合によっちゃ財布を戻すなんて真似《まね》もする。そういう連中は修行を積んで、自分の技術に誇りを持っているんだ。カードを盗むなんてのは、そいつらからすれば外道《げどう》だ」

「スリには専門の刑事がいる。スリを追っかけて何十年なんておじさんが、よく山手線《やまのて》をぐるぐる回ってるよ」

藪がつけ加えた。

「ところで今のおっさんだがな、あっちにいっちまったな」

「ああ、気づいたか、あんたも」

鮫島は頷いた。三人が今いるのは、雷門《かみなりもん》から浅草寺境内へと向かう、最もにぎやかな参道だ。歩いているのは、ほとんどが参拝客だ。これから参拝する者と終えた者が、この仲見世通りですれちがい、左右にはそれをあてこんだ土産《みやげ》物や人形焼などを売る小さな店がぎっしりと並んでいる。

さっきの女たちも鮫島たちも、正面に見える浅草寺を目ざして歩いていた。

あの男も進行方向からすれば、参拝に向かうひとりのように見えた。が、スリに対する注意を促したあと、男は交差する小路を右に折れ、東武《とうぶ》線の浅草駅の方角に歩いていった。

「照れくさかったのかな。偉そうに説教しちまったんで」

　藪がいった。

「かもしれんな。急用を思いだしたのか」

「何、話してんだよ」

　晶が割りこんだ。

「あたしにも説明しろよ」

「さっきのおっさんだ。ここを歩いてるってことは、てっきり浅草寺にいくと思うだろう。それがそこの角を右にいった」

「別にどこいこうと、その人の勝手だろ。いきたいのがそっちだったのじゃないの」

「わざわざ歩きにくい仲見世を通らなくともそっちにいく道は他にもある」

「はあ?」

　晶は意味がわからない、という顔をした。

「何をいってるの、あんたたち」

　鮫島は苦笑した。

「まあ、いいさ。確かに仲見世を歩きたかったのかもしれないし」

ようやく境内に入ると、三人は参拝をすませた。境内には露店が軒を連らね、それらを冷やかし、花やしき遊園地の裏手へとでた。

「さあて、どこいく」

晶がいった。ゆっくりでてきたので、冬の陽《ひ》は西に傾いている。地面にまかれたエサをついばむ鳩《はと》も、寒さに身を縮めているように見えた。

「近くにうまい佃煮《つくだに》を売ってるところがあるんだ」

藪がいった。

「佃煮か、いいねえ。バンドの連中に買ってってやろうかな。案内してよ、藪さん」

うん、といって歩きかけた藪が立ち止まった。

「やっぱり、やめとこうか。休みかもしれん」

浮かない顔をしている。

「休みなわけないよ、稼ぎどきだよ」

「いや、そんなに商売熱心な店じゃないんだ。夫婦二人でやってて、旦那《だんな》はギャンブル好きだし」

「でもおいしいんだろ」

「ああ。江戸前っていうか、味がしっかりしてて、妙に甘くなくていいんだ」

「遠いのか、ここから」

鮫島は訊ねた。藪は、まるで突然歯でも痛くなったような表情をしている。

「いや……、すぐそこの通りの向こうなんだが」

「じゃ、いくだけいってみたらどうだ。やってなけりゃあきらめよう」

「そ、そうだな」

頷いて藪は歩きだした。言問《こととい》通りを渡って、角を右に折れる。とたんに、げっという声をたてて立ち止まった。

「ま、まずい……」

「どうした」

「どうしたの」

鮫島と晶は異口同音《いくどうおん》にいって、藪の視線の先を追った。

古い木造の家並みの中に「よろず屋」と木製の看板を掲げた店があった。醤《しょう》油《ゆ》が匂《にお》ってきそうなのれんが北風にはためいている。二階建ての木造家屋で築三、四十年は経過していそうだ。

「渋い店じゃん」

その店先からひとりの男がでてくるところだった。革のジャンパーを着け、岩を彫ったようないかつい顔立ちで、太い眉《まゆ》がつながっている。年齢や職業の見当がつきにくく、小柄だががっちりとした体つきから、職人のように見えた。藪が見ているのはまさにその男だった。

「じゃあな、またくるわ」

男は背後にいって、鮫島たちのほうに歩きだした。スラックスのポケットに両手をさし入れ、口笛を吹いている。

「どうした、知り合いか」

鮫島は訊ねた。藪が答えるより早く、その男が気づいた。

「あっ」

「いや、参ったな……」

小声で藪がいった。これまで鮫島に見せたことのない、ひどく怯《おび》えた表情を浮かべている。

「お前、そのでぶ面《づら》、隅田川《すみだがわ》公園病院のバカ息子！」

男が叫んだ。

「英次《ひでじ》だろうが。藪英次！」

藪が顔をしかめた。

「か、勘《かん》ちゃん……」

「何やってんだ、お前。こんなとこで」

いってからようやく男は、鮫島と晶に気づいた。

「何だ、うちにきたのか」

「そ、そうなんだよ。勘ちゃんとこの佃煮、おいしいから、買って帰ろうと思って」

「ふうん」

男はつまらなさそうに頷き、

「この人たちは？」

と訊ねた。

「あ、あの、会社の同僚で、鮫島くんと、そのお友だちの青木《あおき》さん」

「何、お前今、サラリーマンやってるの」

「そ、そう。そうなんだ、ははは」

虚《うつ》ろな笑い声を藪はたてた。

「よろしく。俺はこいつのガキの頃《ころ》からの友だちで両津《りょうつ》といいます」

男はぺこりと頭を下げた。晶の顔を正面から見ても気づいたようすはない。

「よろしく。鮫島です」

「青木です」

二人は挨拶《あいさつ》をした。両津と名乗った男は、口調は荒いが、気立ては悪くなさそうだ。

「佃煮買うんなら、でてきたところだけど、戻って母ちゃんにひと言いってやるよ。おまけするように」

「いや、いいよ。そんな、勘ちゃんに手間かけさせちゃ悪いから。いっていいよ」

しどろもどろになって藪がいうと、両津はばんと掌《てのひら》で藪の背を叩《たた》いた。

「水臭《みずくせ》えこというなって。幼な馴染《なじ》みじゃないか」

「う、うん……」

「両津さんは、藪さんと同級生なんですか」

晶が訊ねた。

「そうなんだよ、お嬢ちゃん。こいつはさ、昔っから何やらせてもドジでさ、手間かかったよ」

　大口を開け、がははと両津は笑った。

「たまに小学校の同窓会でてきても、あいかわらず薄らぼんやりしててさ。会社で仕事ちゃんとやってんのか」

「まあ、何とか」

　藪が泣きそうな顔で答える。

「そういやさ、今でもお前、名前のせいで医者になるのをあきらめた、なんて大嘘《おおうそ》ついてるのか」

「そ、それは――」

　藪があわてた。

「えっ、ちがうんですか」

　晶が叫んだ。

　あいたぁ……と藪がつぶやいた。

「嘘に決まってるよ、嬢ちゃん。こいつは勉強もできなくてさ。もっとも俺もそれについちゃ人のことはいえないんだけど。何回受けても医学部入れないものだから、とうとう親もあきらめたんだ。なっ英次」

蚊の鳴くような声で、藪は、

「うん」

と答えた。

「まあ、でも兄貴の英道《ひでみち》がちゃんと継いでくれてるからよかったじゃないか。こいつら兄弟、ぜんぜん似てなくてさ、兄貴はすらっとして男前で頭もいいんだ。弟のこいつは見ての通りだけどさ」

両津は再び、がっはっはと笑った。

四人は「よろず屋」の玄関をくぐった。店内には、昔ながらの木桶《きおけ》に盛った佃煮が並べられている。ころころと太った中年の女が応対にでてきた。

「あれ、勘吉《かんきち》、どうしたんだい」

「今そこで英次に会ったんで、母ちゃんがわかんないと困るから戻ってきたんだよ。ほら、隅田川公園病院の次男坊で、泣き虫だった英次」

両津は大声でいった。藪はもう抗議する気力も失ったかのように、うつむいている。

「あらあ……大きくなっちゃって。どうしたの、実家に帰ってきたの」

「いえ、あの、おばさんとこの佃煮、おいしいんで、お土産に買ってこうと思って」

「まあ、嬉《うれ》しいことといってくれるじゃない。ありがとうよ。うんとおまけしてあげるからね」

女はいって、晶の顔をまじまじと見つめた。

「あら、あたしこの人とどっかで会ったことあるかしら。見覚えがある。こんな別嬪《べっぴん》さん、近所にいたっけ」

晶は無言でぺこっと頭を下げた。

「いいから、母ちゃん喋《しゃべ》ってないで。おい、どれにすんだ」

両津がいって、

「あ、はいはい。どれにしましょうかね」

と母親もしゃもじを手にした。

三人がそれぞれ選ぶのを見届けて、両津は手をあげた。

「じゃ、またな英次。真面目《まじめ》に働けよ」

「何いってんだよ。お前にいえた義理かい。大原《おおはら》部長や、交番の皆さんによろしく伝えといてよ。もたせた佃煮ちゃんと渡すの、忘れるんじゃないよ！」

母親がいい、鮫島は驚きに目をみひらいた。思わず藪を見る。藪は悲痛な顔で小さく頷いた。

「お世話さま」

鮫島が礼をいうと、

「おう、いいってことよ。英次をよろしくな。じゃあな」

両津は店をでていった。

「息子さん、警察官なのですか」

「そうなのよ。よくあんな馬鹿《ばか》につとまると思って。クビにならないのが不思議なくらいなんですよ」

母親は大口を開けて笑った。笑うと息子とそっくりだ。

「きっと英次ちゃんはいいとこにお勤めなんでしょうね」

「いや、そんな……。似たようなもんです」

藪が体を小さくして答えた。

「あら、英次ちゃんも公務員なの。でもきっと、うちの馬鹿とちがって、立派なお役所なんでしょう」

「大差ない……と思います」

話が長くなりそうだった。鮫島は藪に目で合図した。

「どうもおばちゃん、ありがとうございました」

代金を払い、藪はいった。

「いいえ、こちらこそありがとうございます。でもどこでこちらのお嬢ちゃんに会ったのかしら……。おばちゃんに見覚えない？」

三人は店を退散した。表にでたとたん、晶は体をふたつに折って笑い転げた。

「ああ、おかしかった。あんな藪さん、初めて見た」

「なるほどね。名前のせいで医者にならなかったのだとばかり思っていたよ」

鮫島も皮肉たっぷりにいった。藪はすっかり打ちひしがれている。

「いいさ、いいさ。そうやって俺を笑い者にしろよ」

「あの旦那にでくわすのが嫌さに、いくのをやめようといったんだな」

「新葛飾《かつしか》署の地域課にいて、ふだんは寮暮らしの筈《はず》なんだが、今日はもしかすると思ったら、悪い勘ほど当たるもんだな」

藪はため息を吐《つ》いた。

「でもさっぱりしてて、面倒見のよさそうな人だったよ」

「ガキ大将まんま、さ。かわってないよ、子供の頃から」

「制服勤務なのだろ」

「あいつは特別らしい。一回、制服のところを見たが、袖《そで》まくりあげて、裸足《はだし》に下駄《げた》ばきで、バイトの警備員でもあんなのはいないな」

「今日は非番で実家に顔をだしたというわけか」

「どうやらそうらしい」

「でもあんなマッポがいたら楽しいじゃん。青少年からも嫌われないのじゃない。新宿署にきてもらったら？」

晶がいった。

「勘弁してくれよ。あいつがうちにきたら、俺は奴隷にされる。絶対に同職だとバレないように、親や兄貴にも口止めしてるんだ」

藪は悲鳴をあげた。

鮫島は笑い、ふっと真顔になった。不穏な空気を漂わせた集団がいたからだった。

そこは国際《こくさい》通りからかっぱ橋へと抜ける途中の、人通りの少ない路地だった。小さな児童公園があり、複数の男が、ひとりをとり囲んでいる。

「あれ」

藪もそれに気づいた。

「さっきのおっさんじゃないか」

集団の中心にいるのは、仲見世でスリを注意した男だった。囲んでいるのは、どうやら邪魔されたスリグループのようだ。

「まずいな」

鮫島はつぶやいた。

「一一〇番するか」

鮫島は頷き、歩みよっていった。管轄はまったくちがうが、手をこまねいていては男が乱暴される可能性がある。

「お前、なんで邪魔した。えっ、殺してやろうか！」

片言の日本語で凄《すご》む声が聞こえた。刃物の類《たぐい》は抜いてはいないが、今にも殴りつけそうな勢いだ。ループタイの男は砂場の中心に正座させられていた。

「おい、何やってる」

鮫島は声をかけた。非番なので、身分証以外は、何ももっていない。

男たちがふりかえった。全部で五人いる。

「なんだ、お前。関係ない、あっちいけ」

「そうもいかないな」

鮫島はいって、身分証をだした。

「私は警察官だ。そこの人、大丈夫ですか」

ループタイの男はほっとしたように鮫島を見た。男たちが目を見交した。

「警察、関係ないよ。あっちいけ」

先頭の男がいって、いきなり鮫島の胸を突こうとした。鮫島は体をかわし、男の腕をとった。

「やめろ！　抵抗するかっ」

手首を決め、怒鳴った。

別の男が大型のカッターナイフを抜いた。チチチ、と音をたてて刃を押しだす。

「怪我《けが》するの、お前」

鮫島は手首を決めた男をつきとばした。男たちがさっと広がり、鮫島を囲んだ。

「おーい、何やってんだあ」

不意に声がかけられ、ぎょっとしたように男たちがふりかえった。

両津だった。手にゲームセンターのクレーンゲームでとったらしいぬいぐるみが山ほど入った袋を抱えている。

「両津さん」

「あ、あんた、さっきの。何なんだ、こいつら」

「スリグループですよ。さっき仲見世でヤマ踏もうとしてたところを、この人に注意されて。どうやら仕返しをしようとしていたらしい」

「あーん？」

両津は歩みよってくると、カッターナイフを握った男の顔をのぞきこんだ。

「なんだお前、そんなものもって。やるのか!?」

やにわに男の頭を拳《こぶし》で殴りつけた。ごつっという音がして、男はカッターナイフを落とし、しゃがみこんだ。さして力がこもっているようには見えない一撃だったが、相当痛いらしい。涙目になって仲間をふり仰いでいる。

「お、お前こそ、なんだ!?」

別の男が叫んだ。

「俺か、俺はただの通りがかりだけどよ。地元でこんなの見て、知らん顔できないだろう」

「殺すよ、お前」

両津は無精ヒゲののびた顎《あご》をぼりぼりかいた。

「殺すっていわれてもな。俺を殺すのは、相当大変だぞ、お前ら」

「この野郎！」

男たちのひとりが両津につかみかかった。次の瞬間、もんどりをうって投げとばされる。さらに別のひとりの背中を両津は蹴《け》り、げっという声をあげさせた。

「俺、本気になるとけっこう強いけど、どうする」

男たちは顔を見合わせた。両津が一歩でると、ざざっと後退る。

そこにサイレンの音が聞こえた。藪の通報を受けて、パトカーが出動したのだ。男たちが駆けだした。狭い路地にパトカーが進入してくると、

「あっちだ、あっち！」

両津は逃げた方角を指さした。パトカーの助手席から顔をだした巡査が、

「あっ、両さん」

といったところを見ると、地元の署にも知っている人間が多いようだ。パトカーは両津の指示通り、逃げた男たちを追っていった。

「やれやれ、だな。正月早々」

雷門
ゲーム
浅草館

両津はいって、鮫島を見やった。鮫島は頭を下げた。

「助かりました」

「いや、そっちこそ。度胸あるね」

「見すごせなかったので」

両津は鮫島をじっと見つめ、にやりと笑った。

「あんた、警官だろう」

「わかりますか」

「いやいや、名乗んなくていい。どうせ署もちがうし、俺よりきっと偉いだろうから、名乗られるとこっちがつらい」

両津はがっはっはと笑って手をふった。鮫島も笑い返した。

ループタイの男がすりよってきていった。

「いやあ、助かった。両さん、ありがとう」

初めて気づいたように、両津は男をふりかえった。とたんに渋い表情になる。

「なんだ、ゲンさんじゃないかよ。何やってたんだ、浅草くんだりで」

男はバツの悪そうな顔になった。

「いや、その……、帝釈天《たいしゃくてん》がここのとこぱっとしないんで……」

ごつん、と音がした。両津が殴りつけたのだった。男はうううっと呻《うめ》いてうずくまった。

「お前、地元でヤマ踏めないからって、浅草まで、でばってきたんだな！」

鮫島は驚いて二人を見つめた。両津が苦い顔でいった。

「このおっさんは、柴又《しばまた》帝釈天の参拝客狙いのハコ師で、地元じゃちょっと知られた、元造《げんぞう》って男だよ」

「ハコ師」

「やっぱりな」

歩みよってきた藪がいって、鮫島を見た。

「自分が狙いをつけていたカモを、あいつらが横どりしようとしたんで、思わず怒鳴ったのか」

「それだけじゃないです。あいつらのやり口は乱暴で、俺ら本物のスリの風上《かざかみ》にもおけない奴らだ」

元造と呼ばれたスリは、憤然といった。

「確かに仕事を邪魔されたからって仕返しするのは、まっとうなスリじゃない」

両津は頷いた。だがすぐに恐い顔になって元造をにらんだ。

「だからってお前、浅草で仕事してたのじゃないだろうな」

「いやいや、今日はやってないです。アヤがついちまったんで、六区《ろっく》で一杯やって帰ろうと思ってたら、あいつらに見つかって囲まれちまったんですよ」

元造は大急ぎで手をふった。

「ならいいけどな。いきな。浅草署の連中が現検やりに戻ってきたら、面倒くさいことになる」

乱暴なことを両津はいった。

「へえ、すんません」

元造はいって、ぺこぺこと頭を下げ、その場から小走りで遠ざかった。

「いいのか、おい……」

あきれたように藪がつぶやく。

「何だよ、英次。文句あんのか」

「いや……別に、ないよ。勘ちゃん」

鮫島は苦笑した。すべてにおいて型破りの警官だ。だが、こんな警官が同じ警視庁内にいるかと思うと、妙に愉快になる。

「お嬢ちゃん、怪我しなかったか」

両津が晶に訊ねた。

「大丈夫です。両津さんが強いんでびっくりしました」

両津はにっこり笑った。

「よかった。あんたに万一のことがあったらファンが嘆くからね」

晶が目を丸くした。

「気づいてたんですか」

「もちろんだ。ひと目見たときからね。がたがた騒いじゃ悪いと思ったから黙ってた」

晶がほっと息を吐いた。

「じゃ、俺、今度こそ帰るわ。管内の児童館にきてるガキどもに、これ届けなきゃいけないんで」

両津はぬいぐるみの入った袋を掲げた。

「それって、勘ちゃん、クレーンゲームの景品？」

藪がいった。

「そうそう。俺、亀有のゲーセン、全部立ち入り禁止なんだわ。うますぎて」

藪がほっと息を吐き、首をふった。

「勘ちゃんて、本当にぜんぜん、子供の頃からかわってないね」

にやりと笑い、両津は歩きだした。袋をかついで歩くそのうしろ姿は、まるで季節遅れのサンタクロースだった。

池袋⇕亀有エクスプレス

石田衣良

あんたは両津勘吉をしってるかい？

偉大なる人類の祖先クロマニヨン人の骨格をした恐るべきスーパーコップだ。

まあ、規格外なのは確かだが、警視庁にだって新宿鮫《しんじゅくざめ》みたいないい男ばかりでなく、はずれくじもまわってくるからな。でかい組織には思わぬ名物もいるって話。

やつはM16Aを市街地でぶっ放し、自転車でポルシェをぶち抜き、博打《ばくち》といい女に目がない。おまけに眉《まゆ》は類人猿のようにつながっているし、腕にも手の甲にも剛毛がたっぷり。鼻は顔の真ん中でヒマラヤ山系のようにあぐらをかいている。当然の結果として、女たちにはまるでもてないことになる。

だけど、あんただってよくわかってるだろ。女たちはグラビア印刷の厚みしかない薄っぺらなアイドルには熱狂するくせに、男のほんとうの価値にはなかなか気づかないものだ。アイシャドーをいれたかわいい目は、みな節穴なのである。

おれは世界中の女を敵にまわしても、両津のおやじはいい男だと思う。実際、やつにも直接そういった。やつは下町っ子で照れ屋なので、「おまえはマリアか」と意味不明の突っ込みを返してきたが、あの男のいうことは半分以上目的地不明なので、おれは別に気にしなかった。誰《だれ》でもわけのわからないことを叫んで通りを走りたくなったり、派出所をぶっ壊したくなったりすることがあるよな。

これからおれが話すのは、この秋の池袋《いけぶくろ》と亀有を結んだ「点と線」のお話。本家のように立派なものじゃないから、寝そべって（かわいい女の子の水着写真のあとにでも）気楽に読んでくれ。だいたい本もマンガも寝そべって読むのが一番おもしろいのだ。

そいつは豊島《としま》区だろうが葛飾区だろうが、変わるはずがない。

うちの果物屋はJR池袋駅から徒歩九十秒の西一番街《にしいちばんがい》にある。店の間口はおれの長い脚で歩いて、ちょうど六歩。酔っ払い相手に値の張る水菓子を売る、どこの駅前にも必ず一軒はあるような店だ。あれは十月の晴れた午後、四個六百円の長十郎《ちょうじゅうろう》を店先のザルに三角形に盛っていると、頭上から声がふってきた。荒い紙やすりで仕上げたようなざらざらのおやじ声だ。

「おい、兄ちゃん、この店に真島誠《まじままこと》っていうのはいるか」

おれは顔をあげて驚くことになった。やつはキャメルのトレンチコートに、グレイフラノのボルサリーノ。目には何十年かまえに流行《はや》ったティアドロップ型のレイバンのサングラスをかけている。なにより目立つのは、人間のものとは思えない肩幅と顔のでかさだった。こいつはハードボイルド好きのヤクザだとおれは断定した。

「今日は休みだけど、マコトになんの用なんだ？」

「ちっ、わざわざ池袋くんだりまで足を伸ばしたのに、ついてねえな」

やつはそういって、時代もののサングラスをはずした。ぱっちりした垂れ目。とたんにヤクザには見えなくなる。ハードボイルド好きのコメディアンか、このおやじ。やつは店のまえのガードレールに腰かけた。腕を組んでいう。

「今日は帰るわけにはいかん。ここで待たしてもらうから、兄ちゃん、連絡をとってくれ」

おれは立ちあがった。腰を伸ばして、やつにいう。

「あんたみたいなのが店のまえに張っていたんじゃ営業妨害だ。だから、なんの用なんだよ。だいたい誰にこの店のことをきいてきた」

トレンチのポケットから、なにかとりだした。紙の小袋にはいったタイヤキだった。ふたつに割って、尻尾《しっぽ》のほうをこっちにさしだす。普通はお頭《かしら》のほうを人にやるだろうが、このおやじ。

「警察学校の同期に吉岡《よしおか》っていう男がいてな、今は池袋署の生活安全課にいる。そいつから池袋でなにかあったら、マコトってガキに相談してみろといわれてな」

あれれ、このクロマニヨンは警察官だったのか。困ったことになった。おれはヤクザと同じくらい警察が嫌いだ。どうこの場をごまかすか。そのとき、店の横についた階段からおふくろがおりてきた。

「マコト、スナックじゅんの配達、夕方までにいってきてよ」

やつはガードレールに座ったまま、やけに丈夫そうな歯をむきだした。おれのおふくろにいう。

「お母さまですか、お美しい。わたくしは葛飾区亀有公園前派出所に勤務する両津勘吉巡査長であります。ご令息のマコトくんとちょっとお話をしたいのですが、よろしいでありましょうか」

両津は右ななめ四十五度の角度を崩さずに、おふくろに話しかけた。この男、女なら見境ないのか。おふくろはまんざらでもなさそうにいった。

喜
中華料理
カラオケ
焼肉

「こんなボンクラでも、人さまのためになるなら、いくらでもこきつかってやってください。マコト、店番代わるよ」

なんてこった。おれには中高年男女の異性の趣味は永遠の謎《なぞ》だ。


おれたちは秋風の吹くウエストゲートパークにむかった。といっても、うちからこちらも徒歩二分。そのうち半分は信号待ちである。白黒の石が同心円を描いて張られた円形広場のうえをケヤキの枯葉が競争していく。

「同じ公園でも、亀有公園とは大違いだな」

やつは周囲をとりまくビルの壁を見あげていった。東武デパートのハーフミラーの城、東京芸術劇場のガラスの三角屋根、マルイ・フィールドは赤土のようなタイル張り。金属パイプのベンチに座り、やつはコートの内ポケットを探った。とりだしたのはなぜか真っ赤な携帯電話だった。

「こいつを見てくれ」

ごつい親指で画像フォルダを開く。けっこうつかいこなしているじゃないか。表示された画面には、やつと三十くらいのエプロンをした女が映っていた。背景はカウンターと壁にべたべたと張られたメニュー。どこかの安い定食屋だろうか。

「うちの派出所の近くにあるめし屋で、『志《し》なの』という。その人はそこのお運びさんで、鹿島静江さんだ」

お運びさんなんて、古い言葉だ。もっともめし屋にウエイトレスは似あわない。かすかだが、やつの頬《ほほ》が赤くなっているようだった。液晶画面のほうには緊張でこちこちになっている制服姿の巡査長がいる。静江はやわらかに笑っているだけだ。

「あんた、この人に片思いしてるの」

あわてて携帯の画面をおれからそむけて、やつは真っ赤になった。なんてわかりやすいおやじ。恋愛偏差値は、いけてないおれよりさらにちょっとしたというところか。

「バカをいうな。わしは静江ちゃんとは妹のようにおつきあいしているだけだ。彼女には好きな相手が別にいる」

スイングアウトの三振。万年予選敗退の高校球児がヤンキースのランディ・ジョンソンに挑むようなものだ。はなから勝ち目のない勝負である。おれは秋風の公園で肩をすくめた。やつに投げる言葉などない。ひとり身の秋は淋《さび》しいよな。あんただって、嫌ってほど経験あるだろ。両津勘吉は新たな画面を呼びだしていった。

「その相手というのが問題なんだ。こいつを見てくれ」

今度映っているのは、やはり三十代なかばのあっさり醬《しょう》油《ゆ》顔《がお》の男。カフェオレ色のなんでもないステンカラーのコートを着ている。背景はこの公園で、右手後方に芸術劇場が見えた。点々と屋根にハトがとまっている。

「その男は金もちだな」

「なんで、わかるんだ」

「おれが名探偵ホームズだから」

やつは歯と目をむきだした。サル山のボスか。種明かしをしてやる。

「おれの友人で、去年そのコートを着てるやつがいた。池袋のストリートギャングのキングなんだけどな。そいつはぺらぺらだが、一枚何十万もするエルメスのコートなんだ」

「むむ、エルメスか、あなどれんな。わしは『電車男』しか、しらんが」

おれはやつの肩についた肩章に手を伸ばした。トレンチコートの生地の具合を確かめたのだ。

「あんたのコートはどこの」

　巡査長は胸を張った。

「イトーヨーカドーだ。こっちもあなどれんぞ」

「はいはい」


　やつがそれから話したのは、金もちのボンボンと定食屋のお運びさんの夢のような恋物語。ふたりが出会ったのは、パソコンの趣味のサイト（なんと盆栽！）で、何度かのメールのやりとりのあと、オフラインでデートをしたという。おれはそこで口を滑らせた。

「三十代の男と女だもんな。それで、できちゃった？」

　両津勘吉はさっと右手を腰にまわした。

「くそっ、今日はピストルもっとらん。できちゃったなどと下品な言葉を静江ちゃんにつかうな」

　いかれた警官だった。

「わかったよ。だけど、それでうまくいってるなら、ふたりの未来にはなんの問題もないだろ。あんた、あんまり人の恋愛にちょっかいださないほうがいいんじゃないの」

剛毛だらけの右手が震えていた。また銃を撃とうとしたのか、このおやじ。

「何度か、静江ちゃんはデートをしたらしい。まあ、大人のデートだな。しかし、相手の男のことがわからんのだ。わかっているのは、ほんのわずかだ。携帯電話の番号とアドレス。上場間近のIT企業を経営しているらしいこと。そして、池袋近辺に住んでいること。あとは名前だ」

池袋に億万長者のIT社長なんているのだろうか。おれはきいたことがない。

「その色男の名前は」

ボルサリーノのしたで、巡査長は憂鬱《ゆううつ》な顔をした。

「綾小路《あやこうじ》貴俊《たかとし》」

「マジで!」

最近はお笑い芸人だって、そんなベタな芸名はつけない。おれはパイプベンチで脚を投げだした。なんだか、うんざりするような展開なのだ。

「パチもののにおいがするな」

「わしもそう思う。だから、吉岡に池袋の街に詳しいやつはいないかときいたんだ」

おれは池袋の空を見あげた。秋の空はビルとビルの壁にはさまれて、谷底のように澄んで深かった。

「最近、一番多い依頼だな」

「なにがだ」

「だからさ、自分がつきあっているこの人はいったい誰でしょうってのが、興信所なんかでも一番多い依頼なのさ。みんな、ネットで出会って、相手が誰かもしらないうちに、恋したと思いこみ、エッチもしちまう。散々つきあってから、突然気がつくんだよ。わたしの愛《いと》しい人は、ほんとは誰って。間抜けな話だ」

両津勘吉はトレンチコートの腕を組んだ。似あわないボルサリーノを深くかぶり直す。

「現代の恋人たちが侵されている病魔だな」

なにいってんだかな、類人猿のくせに。やつは深々とため息をついて、本音を漏らした。

「くそっ、わしもいつかパソコンで誰かと出会うぞ」

愛すべき警官なんだろうが、おれの感想は複雑。なんだかなあ、このおやじ。


「そうなると、できることはふたつだな」

おれがそういうと、両津はぎろりと横目でおれをにらんだ。

「なんとなんだ」

「オンラインとオフライン」

また右手がいつもならホルスターをさげている右腰に伸びた。

「日本人なら日本語をつかえ」

「わかったよ。だからさ、アドレスと電話番号から、そいつの本名や住所を探れるかもしれない。ただし、こいつには金が少々かかるし、綾小路がつかってるのが飛ばしの携帯なら、見つかってもどん詰まりだな。これがオンライン」

おれはサンシャインシティのむかいにあるデニーズで、今も営業中のハッカー、ゼロワンのことを考えた。やつのスキンヘッドには最近、変わった柄のタトゥがはいったという噂《うわさ》だ。

「それで、オフサイド……違ったオフラインのほうはどうなんだ」

「そいつは簡単だ。つぎのふたりのデートを張る。ガキをたくさんつかってな。池袋にはわずかな金で二十四時間尾行してくれるマニアックなチーマーが多くてな。そいつらをあんたに紹介することもできる。ところで、金はもってるの」

両津は指まで毛の生えたごついゲンコで胸をたたいてみせた。

「まかせとけ」

そういって、トレンチコートのポケットから札束を抜いた。帯封のついた百万円の束がみっつ。分厚い新書くらいの厚さだ。

「わしがいつも世話してやってる中川《なかがわ》という金もちのボンボンに借りてきた。銀行で眠ってるだけでなく、こうして世のため人のためにつかわれるんだから、金だって本望だろう」

他人の金で自分の好きな女を助けようとする男。天晴《あっぱ》れだが、おれにはいいことかわるいことか、判断できなかった。まあ、世のなかのすべての問題と同じである。誰にだって、いいところもわるいところもあるもんな。

秋の日はようやくかたむき始めたところ。ハーフミラーのビルから反射してくる夕日は、なぜかほんものの夕日よりも鮮やかだった。おれは左手をだしていった。

「ちょっと、あんたの携帯貸してくれ。アドレスは？」

やつの口から二十文字もある英文アドレスをきくのは、なんだか愉快だった。曲芸をするシロクマみたいなのだ。おれは左手に両津の携帯、右手に自分の携帯をもっていた。アドレスを入力する。おれは自分の画像ファイルから、Gガールズ一の美女の写真を選んで、両津の携帯に送った。

「なにをしておるんだ。おっ、その子なかなかかわいいな。紹介してくれ」

あっさりと無視する。おれは左右の携帯電話をもち替えた。

「さっきの方法はどっちも金がかかるだろ。だからさ、最初に金のかかんない方法を試してみようと思って」

おれは両津の携帯でメールを打ち始めた。添付するのは、薄手のセーターを突きあげるバストが九十五センチはあるGガール。美人だが、実際にはものすごく凶暴で、いい寄ってきた酔っ払いをふたりほど病院送りにしたことのある武闘派だ。

∨綾小路さん、こんにちは。
∨わたしは静江さんの友人で、
∨リョウコといいます。
∨あれこれと彼女から、あなたの話をきいて、
∨どうしてもお話してみたくなって、
∨いけないと思いながら、
∨メールを打ってしまいました。
∨綾小路さんは、悪い女の子は嫌いですか？
∨わたしは池袋に住んでいるので、
∨いつでも時間はつくれます。
∨お返事ください。待っています♥

おれは適当に打ったメールを、両津に見せた。唇を動かしながら画面を読ん

で、やつはいった。

「マコト、おまえってけっこう文才あるな」

えっへん。胸を張る。おれだって伊達《だて》にストリートファッション誌で、コラムの連載をもってるわけじゃない。おれは送信ボタンを押した。

「どうせ、綾小路は携帯であちこちの女に声をかけてるはずだ。ナンパ師なんて、やることはみんな同じだからな。だとしたら、逆にメール一通で釣れるかもしれない。おいしい餌《えさ》のこの女は、バストがGカップの九十五センチだ。ちゃんと静江の名前もだして、迷惑メールじゃないこともアピールしておいたしな」

両津は目をしばたいて、おれのほうを見た。

「マコト、おまえ、警察官にならないか。おまえなら、むいてると思うんだが」

吉岡に何度そういわれたことか。

「おれ、制服にアレルギーがあるんだ。みんなと同じ格好をしてると、じんましんがでる」

「そうか、おしいな。うちの派出所でがんがんしごいてやったのに」

死んでもこいつの部下になんかなるかと思ったが、笑顔でおれはいってやった。

「どう思う？　やつはくいついてくるかな」

両津は自分の携帯を開いて、しげしげとGガールの写真を見つめていた。

「この子なら、くる。百パーセントくる」

自分の趣味の話じゃないのだ。誰か、このクロマニヨンに突っこんでやってくれ。

メールの送信が終わると、やつはいった。

「これから、どうする」

「ちょっと待ってみるかな」

おれには何人か、AVや風俗のスカウトやナンパ師の友人がいる。あいつらの特徴は、とにかく女に対してはマメなことである。自分に送られたおいしいメールを三十分も放っておくなんて、自殺行為なのだ。女たちの気はいつ変わるかわからないからな。両津はトレンチのポケットから、なにかのガイドマップをだした。なんでもでてくる魔法のポケット。

「じゃあ、待ってるあいだに、わしと腹ごしらえをせんか」

東京ラーメンガイドと表紙には書かれていた。池袋はラーメンの激戦区。大勝軒、すみれ、えるびす、中本、光麺《こうめん》、生粋、みやざわ……。名店といわれるラーメン屋がずらりとキラ星のようにそろっている。

「だったら、ウエストゲートパークから近いから、光麺の西口店にいこうか」

パイプベンチを離れて、石張りの広場を歩きだしたところで、両津の携帯が歌いだした。なんで、このおやじがメールの着メロに小倉優子《おぐらゆうこ》をいれてるんだ。しかもサードシングルのカップリングで、「恋の呪文《じゅもん》はパパビブパ」というマニアックな選曲である。照れもせずにやつは、おれに画面を見せた。

「きたぞ」

＞リョウコさん、初めまして綾小路です。
＞すごくシャメがかわいかったので、
＞ちょっとびっくりしました。
＞ぜひ、会ってお話したいです。

＞今日は19時からなら、時間は空きます。
＞池袋のどこかで待ちあわせて、
＞なにかおいしいものでもたべませんか？

両津勘吉の腕が震えていた。携帯電話をにぎり潰《つぶ》しそうな勢いである。

「くそっ、やっぱり綾小路はただのナンパ師だったのか。ふざけおって。静江ちゃんの純情、どうしてくれる」

「リョウコじゃなくて、両津さん、あんたが会いにいってみるかい」

「おう、だが人目につくところはまずいな。やつにはたっぷりお灸《きゅう》をすえてやらねばならん」

「了解」

そういって、おれは口笛を吹きながら、返信のメールを入力した。


約束の七時までに、おれと両津勘吉は池袋のラーメン屋を三軒はしごした。光麺、えるびす、すみれだ。おれがきちんとたべたのは二軒目の店まで。やつはそれぞれの店できれいに汁までのみほして、焼き餃子《ギョーザ》を頼んだ。すくなくとも胃袋に関しては、筋金いりのハードボイルドだった。

「さて、いくとするか」

おれはあきれていたが、しだいにいかれた巡査長に好感をもち始めていた。まあ、女たちとは違って、外見では選ばないからな。おれたちがむかったのは池袋駅北口の先にある駐車場である。そのうちでかい再開発でもするのだろう。ビルのあいだにある錆《さ》びた金網でかこまれた薄暗い谷間だ。

ばかでかいポルシェ・カイエンのかげに隠れて待っていると、綾小路がやってきた。最初はひとりだと思った。やつはあのコートを着て、先に立って歩いてきたのだ。駐車場を見わたしてから、うしろを振り返った。軽くうなずく。そこには三人の男がついてきている。どれも不良サラリーマン風。スーツは着てるが、髪は金髪なんてやつらだ。

「どうする？　相手は四人だ」

おれはとなりにいる両津にいった。返事はなかった。気がついたら、やつはRVのかげから飛びだして、綾小路に駆けだしていたのだ。

「きさまー！」

とんでもない音量で叫んでいる。きっと百万年まえかそこらに、おれたちの祖先がイノシシを狩るときもあんな感じだったに違いない。

「しかたねえな」

おれも走りだした。だいたいおれはケンカは苦手。頭と口で世のなかをわたってるんだが、両津に加勢できるのはおれひとりしかいない。まあ、不良会社員のふたりくらいなら、なんとかなるだろう。だが、両津はおれのほうを見ずに、背中越しにわめいた。

「手はだすな、マコト。こいつらは全部、わしの獲物だ」

おれは思わず笑ってしまった。いいだろう、その腕をしっかり見せてもらおう。おれは夜の駐車場で立ちどまった。ジーンズのポケットに手をいれる。警察官が違法行為をする場面て、いつ見てもわくわくするよな。

猛スピードで駆け寄る両津を見て、綾小路は最初驚いていた。だが、相手がひとりであることに、すぐ気づいたようだ。後方にむかって声をかけた。

「おまえら、頼むぞ」

ナンパ師仲間なのだろうか。薄っぺらな書類カバンを投げ捨てて、三人がまえにでる。両津の動きは竜巻のようだった。まず一番背の高い金髪のジャケットの片袖《かたそで》と襟元をつかんだ。走りこんだ勢いをとめずに、払い腰で巻きこむ。男はぬいぐるみのように軽々と投げられた。腰から補修跡が残るアスファルトにたたきつけられる。腰骨にひびがはいるほどの勢いだった。残るボディガードふたりのうち、ガタイのいいほうの胸元に両津は潜りこんだ。そのまま身体《からだ》を沈みこませると、短く息を吐いて腰を跳ねあげた。絵に描《か》いたような切れ味のいい背負い投げ。そのまま頭から地面に投げ落とせば、即死である。柔道って怖いよな。だが、やつはしっかりと引きつけをゆるめなかった。受身のとれない二番手は背中からアスファルトに落ちて悶絶《もんぜつ》した。ふたりを片づけるのに要した時間はあわせて、七秒ほどだったと思う。それを見ていた三人目は、放りだしたカバンも拾わずに、夜の駐車場から走りでていった。まあ、正解だよな。人間が野生の類人猿にかなうはずがないのだ。綾小路が叫んだ。

「待ってくれ」

逃げようとした綾小路の手首を、両津がつかんだ。鬼のようなグリップなのだろう。やつはそれだけで、戦意を喪失したようだった。

「おまえはこっちにこい」


ビルの谷間の駐車場の隅に、闇《やみ》が深くたまっていた。両津は綾小路を夜の底で正座させた。エルメスのコートはほこりまみれだ。両津はいう。

「おまえはなにもんだ」

ふてくされたように男はいった。

「綾小路貴俊だよ」

両津の右手が素晴らしいスピードで走った。腕が動くのと、男の頬で破裂音が鳴るのはほぼ同時だ。おれはがくりと肩を落とした男のポケットから、携帯電話を抜いた。プロフィールを開く。

「中川貴俊だってさ」

「中川か。わしはよっぽどその名前に縁があるんだろうな。それで、おまえはなんの仕事をしとるんだ」

「IT……」

両津は今度はげんこつをつくった。男はあわてて、いい直す。

「ちいさな不動産会社で営業をやってます。残業は毎日だし、ワンマン社長でえこひいきはするし、月給は安いし、やってらんねーよ」

両津は腕を組んで、男のまえに仁王立ちしている。

「男なんてみんな、やってらんねえものだ。だが、やってらんねえなかでなにをするかで、人間の値打ちは決まる。おまえは嘘《うそ》をついて、静江さんをだました。恋だ愛だならまだいいだろう。だが、静江さんから金を引っ張ったろう。二十万円」

おれは両津を見た。初めてきく話だ。

「詐欺《さぎ》だか窃盗《せっとう》だかしらんが、おまえ、警察いくか。知りあいの刑事に逮捕させて、手柄をくれてやる。池袋署なら、すぐ近くだ。おまえ、金をだましとったのは、静江さんだけじゃないだろ」

北口からなら、署まで歩いて五分とかからない。男はがたがたと震えだした。

「勘弁してください。金は返しますから」

「いかんな、おまえの言葉には誠実さがない」

人類の祖先には、誠実さなんて言葉は似あわないと思うだろ。けれど、こいつが案外そうでもないんだ。だからいっただろ、男は顔でもスタイルでもないって。綾小路改め中川はアスファルトに額をすりつけた。

「お願いします。金は返しますから、警察だけは勘弁してください」

そのときだった。おれの手のなかの中川の携帯で、オルゴールのメロディが流れだした。曲は「翼をください」だった。メールを読んだ。

＞パパ、今日の塾はいつもより早く
＞九時半に終わります。
＞迎えにくるの忘れないでね。
＞模試の評価はランクAでした。
＞ごほうびにママに内緒で
＞コンビニの中華まんたべようね。
＞さっきから、お腹ぺこぺこなんだ。
＞★ASAMI

おれは携帯を両津にむけてやった。液晶の明かりを受けて、やつの顔が暗がりにぼんやりと浮かびあがる。夜道では会いたくない顔だ。

「弱ったな、中川、娘はいくつなんだ」

おどおどと上目づかいで、やつは両津を見あげた。

「九歳です」

「……そうか」

腕を組んで考えこんだ。それから思い切り右足でアスファルトを踏みつける。バシンとビル壁に靴音が反響した。中川は座ったまま十センチほど跳びあがった。うしろを見ると、先ほどの男たちが背を丸めて、駐車場からでていくところだ。

「しかたない、アサミちゃんに免じて、今回は見逃してやる。マコト、そいつの財布を抜け」

おれはやつの上着の内ポケットから、擦《す》り切れた黒革の財布をとりだした。免許証、クレジットカード、キャッシュカード、名刺、どこかのレンタルビデオ屋とテレクラの会員証。おれは名刺とクレジットカードを残して財布にもどした。両津に見せてやる。

「こんなもんでいいかな」

やつはうなずいていった。

「明日中に銀行で金をおろして、静江さんに返しておけ。それまでそいつは預かっておく」

それから自分のコートを見た。なにかをじっと考えている。両津はにやりと笑っていった。

「そいつを脱げ」

自分もイトーヨーカドーで買ったというトレンチコートを脱いだ。

「大目にみる代わりにといってはなんだが、コートを交換しよう」

「えー」

おれと中川の声がそろった。本気なのか、このおやじ。家族もちのナンパ師はぶつぶつ口のなかでつぶやいた。

「これが女をくどく切り札だったのに。中古ブランドショップでも十万以上したのに」

「うるさい。早くせんか」

脱いだコートを丸めて、正座したままの中川のひざに投げた。さしだされたエルメスのコートを着て、うれしそうにおれに見せる。

「どうだ、マコト。似あうだろう」

こいつの精神年齢はクロマニヨンより低いかもしれない。

「悪くないよ」

「あの、わたしはもういってもいいでしょうか」

中川が恐るおそるいった。

「まだいたのか。さっさといって、銀行で金をおろしてこい」

中川はトレンチコートを手に丸めたまま、駐車場の暗がりに消えた。両津はごそごそと尻《しり》ポケットから百万円の束を抜く。

「この事件は金がぜんぜんかからんかったな。どうする、マコト。おまえにひとつやろうか」

借りた金だと気もちがでかくなるようだった。おれは思わず笑ってしまった。この男は金なんかより実際にずっとでかい人間なんだ。ほんとなら、おれやあんただって、いや世のなか全部が、こいつのようになれるはずなんだが。だって、あんなものただの紙切れじゃないか。

「おれはいつも金はもらわないの。あとが面倒だから」

やつはエルメスのコートを着て、歯をむきだした。いい餌を見つけたマウンテンゴリラ。右手をおれにさしだす。分厚いてのひらをにぎった。握手。

「金の代わりに、今回は思い切り贅沢《ぜいたく》していいぞ。マコト、池袋で一番美人の多いキャバクラにわしを案内しろ」

自分がいきたいだけだろうがといいかかったが、おれは気分がいいので、突っこまないでおいた。少々の皮肉が、このおやじに利くとは思えないからな。

「それとな、今度亀有に遊びにこい。わしのシマなら、なんでも好き放題だから。秋本麗子《あきもとれいこ》という婦警もいて、まあわしの好みのレベルにはおよばないが、なかなかの美人だ。紹介してやる」

「はいはい、わかったよ」

そこでおれたちは夜の駐車場をでた。池袋駅の裏にはネオンの花が満開だ。秋の夜の空気は澄んで、毒々しいはずの赤や青やピンクが妙にきれいだった。たまにはこんなおやじとのむのもいいだろう。そう思ってやつに目をやると、歩道の真ん中でやつは立ちどまっていた。周囲をとりまくのはアジア系のお姉さんがた。みな、マイクロミニをはいて生足をさらしている。両津は店のちらしを集めているのだった。目尻をさげて、おれにいう。

「マコト、池袋は亀有や錦糸町《きんしちょう》とはレベルが違うんだろ。締めはそっち方面で……」

おれは返事もせずに歩きだした。

「おい、マコト、待て」

どたどたと品のない足音をききながら、始まったばかりの若いネオンの街をゆく。そんな夜が年に何度かあっても悪くないよな。でも、いくらおれがもの好きでも、毎月はちょっと勘弁。なあ、両さん。

キング・タイガー

今野　敏

1

私は警視庁を退官して、官舎から生まれ故郷の葛飾区に戻ってきた。退官する前は第四方面本部の管理官で、階級は警視だった。

ノンキャリアで、方面本部管理官になれたのだから、我ながらよく頑張って出世したものだと思う。

管理官視察で所轄《しょかつ》署を訪れたときなどは、その場にいる者全員が起立して迎えてくれる。これはなかなか気分がいいものだ。だが、出世のためには家族を犠牲にしたのも確かだ。

警察官の生活というのは、なかなか厳しい。地域課時代は、二十四時間の三交代制だから、土日も関係ない。子供たちを遊園地などに連れて行ってやった記憶もない。

息子が一人に娘が一人いるが、すでに両方とも結婚して家庭を築いている。

よく育ってくれたものだと思う。

妻ががんばってくれたのだと思う。退官したときには、目黒区《めぐろ》にある官舎に住んでいたが、幸い妻の実家も葛飾区にあり、こちらに戻ることにした。

再就職の口もいくつかあった。銀行の相談役や警備保障会社の顧問といった仕事だ。だが、しばらくはのんびりすることにした。苦労をかけた妻をねぎらってやりたいという気持ちもあるし、私自身疲れ果てていた。

警察で出世するというのは楽ではない。毎日激務に追われながらも昇級のための勉強を続けなければならない。初任科で同期だった者の中で警視までたどり着けたのはほんの一握りだ。警部で定年を迎えられれば御《おん》の字だ。巡査部長で定年を迎える者も珍しくはないのだ。

私はノンキャリアの中では勝ち組だと思っている。よく働き、そしてよく学んだ。警察官人生に悔いはなかった。これからは、今までやりたくてもできなかったことをやろう。

そう決めた。退官すると時間がいくらでもある。実を言うと、ずっとやりたかったのはプラモデル作りだ。

小学生の頃《ころ》はよくプラモデルを作ったものだ。あれはなかなか贅沢《ぜいたく》な遊びだ。

子供にとってはキットは高額だし、大人にとっては時間がかかりすぎる。

手先の器用さには自信があった。昔は戦車やゼロ戦なんかを作った。退官した今はありあまるほど時間がある。ぜひまたプラモデルを作ってみよう。そう密《ひそ》かに計画していたのだ。

私が妻と引っ越したのは、昔はどこにでもあった下町の小さな木造一軒家だ。親が住んでいた家があったのだが、バブルの頃に人手に渡ってしまっていた。両親ともとうにあの世に行っている。

妻は、ささやかな庭があることがうれしいと言ってくれた。本当に猫の額ほどの庭だが、手入れをすれば、縁側から夕涼みの気分を味わえるだろう。

さて、引っ越しの荷解きも終わり、家の中も片づいたので、私はかねてからの計画を実行に移すことにした。プラモデルというのはどこで手に入れればいいのだろう。

昔は、近所の文房具店などでも売っていた。小学生の頃、模型屋があったのを思い出した。散歩がてら、当時のことを思い出しながら行ってみることにした。

昔住んでいたあたりもずいぶんと変わってしまった。商店街も一階は店舗だがその上はマンションになってしまった店が多い。

このぶんじゃ、模型屋もなくなっているだろうな。半《なか》ばそう思いながら、路地を曲がった。

あった。私は、ちょっと驚いて店の前で立ち尽くした。子供の頃と店の構えも変わっていない。プラモデルの箱が積み上げてあるのが、ガラス戸のこちら側からも見える。

当時は、その殆《ほとん》どが高嶺《たかね》の花だった。小遣いを貯めても、パーツ数が少ない安いキットしか買えなかったのだ。

あれから、ずいぶんと物価も上がった。プラモデルの相場というのはどれくらいのものなのだろう。私はちょっとどきどきしながら薄暗い店に足を踏み入れた。

小学生くらいの子供たちがプラモデルを物色している。三人組で、どの子も真剣な眼差《まなざ》しだ。

ロボットアニメのプラモデルでも買おうとしているのだろう。私はそう思った。小さな店内の棚には、ところ狭しとプラモデルの箱が積み上げられている。

箱絵が日に焼けて色あせているものもある。小さな塗料の瓶が並ぶ棚もあった。レジの脇《わき》にガラスの陳列ケースがあった。そこに戦車が飾ってあった。

私は陳列ケースに近づき、プラモデルの完成品を眺めた。

「ほう……」

思わず声が洩《も》れた。「これはすごい……」

小スケールのドイツ戦車だ。

まるで、実物のような存在感があった。塗装の仕方でそう見えるのだ。見事な迷彩で、キャタピラや泥よけカバーには、本物の泥がついているように見える。ところどころ、錆《さび》も表現されていた。

思わず見入っていると、陳列ケースの向こう側から声が聞こえた。

「ティーガーIの初期生産型です。別売りのエッチングパーツでディテールアップしてあるし、ウェザリングも完璧《かんぺき》ですね」

見ると、そこに中年の男が座っていた。おそらく、ここの店主だろう。私が小学生の頃には、同じところに白髪のおじいさんが座っていた。

代替わりしたのだろう。ちょっと面影があるから息子さんなのかもしれない。口髭《くちひげ》を生やし、ちょっと髪を長くした好事家《こうずか》風の風貌《ふうぼう》だ。

「見事なものだね」

「今ちょっとしたブームの48分の1スケールです」

店主は笑みを浮かべて説明した。「これまで戦車といえば、35分の1スケールが主流だったんだけど、このところ、48分の1が充実してきました。タミヤから同スケールのシリーズが出て、一気にヨンパチのブームが来ましてね。値段が手頃で、完成度が高いのがいい」

たしかにスケールは小さいが細かなところまで作り込んである。

「ここに展示してあるティーガーIは、誰《だれ》が作ったんだね？」

「これ作ったの、両さんですよ」

「両さん？」

「この辺じゃ知らない人はいないですよ。両さんがね、ここにプラモデルの完成品を展示すると売り上げが増えるんです」

私はあらためて、48分の1ティーガーIを見つめた。たしかに名人芸の域に達している。

「その両さんというのは、模型関係の仕事をしているのかね？」

「違います。派出所のお巡りさんですよ」

「お巡りさん？」

地域課の警察官ということだ。私は、すっかり驚いてしまった。警察官というのはなかなか多忙だ。これほど完成度の高いプラモデルの作品を作る暇などあるはずがない。

いや、少ない休日を利用してこつこつと作りつづけたのかもしれない。長い月日を費やしたに違いない。でなければ、これほどすばらしい作品を仕上げられるはずがない。

「プラモデル、興味あるんですか？」

「小学生の頃にはよく作った。定年退職でね、時間ができたので、またやってみようと思ってね」

「うまくできたら、ぜひ持ってきてください」

「飾ってくれるのかね？」

「ええ。模型ってのは完成したら誰かに見せたくなるでしょう。両さんは常連ですよ。ていうか、両さんはみんなのお手本ですね」

「ふうん……」

この模型店主の一言が私の闘争心に火をつけた。

たしかに、両さんという警察官が作ったティーガーIはすばらしい。だが、研究と努力でこの技術に追いつくことは可能なのではないかと思った。これまで、私は人の倍の努力で、不可能を可能にしてきた。私にはありあまる時間がある。

警視まで勤め上げた私が、所轄の地域課の一係員に負けるわけにはいかない。そんな自尊心もあった。

「両さんみたいに、かっこよく塗装をするには何が必要なんだい?」

私は模型店主に尋ねた。

「基本的には、エアブラシを使いますね。もちろん筆塗りできれいに仕上げる人もいますけど、むしろ難しいです。ウェザリングのテクニックも必要だ」

「ウェザリング?」

「汚しです。両さんのティーガーIを見てください。足回りの泥とか、錆が見事に表現されているでしょう」

「これはなかなか難しそうだな……」

「大切なのは、技術よりセンスだって、両さんがいつも言ってます」

私は、とにかくプラモデルを選ぶことにした。

展示されている両さんの作品は、48分の1スケール。ならば、それよりも大きく迫力がある35分の1スケールを選ぼう。さっき、模型店主も言っていたが、戦車の王道はやはり35分の1スケールなのだ。

ティーガーⅡがあった。これこそが、戦車だ。箱絵の迫力は、圧倒的。アメリカ軍は、ティーガーⅡを「キング・タイガー」と呼んだ。ティーガー戦車の中の王という意味だ。同様にイギリス軍は「ロイヤル・タイガー」と呼んだ。

その呼称がドイツに逆輸入され、「ケーニッヒスティーガー」と呼ばれるようになった。その堂々たる風格とバランスのとれた優雅なスタイルは、まさに「キング」の称号にふさわしい。

値段は三千九百九十円。その箱を手に取り、レジに向かうと、小学生たちが羨望《せんぼう》の眼差しを向けた。やはり、四千円近い買い物というのは、今時の小学生にとってもおいそれとできるものではないのだろう。だからこそ、彼らは真剣にプラモデルを物色していたのだ。

私は、手の届かないものを平然と買っていく大人を眺めるしかなかった子供の頃の切ない気持ちを思い出して、ちょっとだけ感傷的になった。

勘定をするときに、店主に言った。

「小学生のときに作ったきりで、素人も同然だ。いろいろと教えてくれるかね？」

「お客さん、プラモデルってのは、素人が楽しむためにあるんですよ」

「だが、せっかく作るのだから、両さんとやらのように作ってみたいじゃないか」

「もちろん、こちらは大歓迎ですよ」

店主はにっこりと笑った。「なにせ、きれいに仕上げるためには、それなりの道具を使わなけりゃならない。塗料も溶剤も必要です。それだけ、うちの売り上げが伸びるってわけです」

私も思わずほほえんでいた。

「ああ、もちろん、売り上げには協力させてもらうよ」

「さっそくですがね、この薄刃のニッパー、これがあるとないとでは大違いですよ。ランナーから部品を切り取るのに、手でむしる人がいますが、それだと細かい部品を壊してしまう危険があります。それとこのヤスリセットですね。これがあれば、ある程度の仕上げまではこなせます」

「いいだろう。それももらおう」

私は、プラモデルやニッパーの入ったビニール袋をぶらさげて自宅に戻った。和室に入ると障子を閉めて、さっそくティーガーⅡの箱を開く。

いくつかのビニールの袋に区分けされたランナーに接続している部品の群れ。それを見るだけでわくわくした。

組み立て説明書を開く。さすがにこれだけの部品数のプラモデルともなると、組み立て説明書もただのペラではない。四つ折りにされた大きなもので、しかもカラー刷りになっている。

昔の安いプラモデルとは大違いだ。

説明書を読むと、使わない部品がずいぶんあるようだ。他のモデルと共通の部品をひとまとめにしてランナーでつないだものや、好みで選んで取り付ける部品などがあるからだ。

これは、指揮事案と同じだ。計画性が何より大切だ。私はそう感じた。大事件が勃発《ぼっぱつ》したときに、捜査本部、あるいは指揮本部ができる。管理官などの幹部は、情報を集約して即座に上げ、上からの命令を的確に現場に指示しなければならない。

その情報量は膨大でしかもすべてが緊急を要するのだ。小さな間違いが重大な失敗に結びつく恐れがある。だから、指揮をする立場の人間は常に事態の把握につとめ、さらには的確な判断を下せるように計画性を持つ必要があるのだ。

説明書をよく読んで、明らかに不要と思われる部品を取り除くことにした。買ったばかりのニッパーが役に立つ。なるほど、手でむしるよりずっと楽だ。それに部品を損傷する危険を避けることもできる。

大まかな部分を仮組みしてみた。接着剤を使わずに組み立ててみるのだ。プラモデルを作っているという実感がじわじわとわいてくる。

ビニールの袋にキャタピラの部品が入っている。私はそれをしげしげと見つめた。ただのプラスチックの破片がぎっしりとつまっているだけだ。ピンでつないでキャタピラに仕上げるのだ。実物と同じ構造だ。ひとつひとつの部品をつなげてキャタピラの履《り》帯《たい》を作っていくのだ。

このキットには、キャタピラの履帯が二種類ついている。片方は、転輪に直接接着するタイプで仮組みしてから接着剤を流し込めるという利点がある。

もう一種類は、実物のように転輪に巻き付けるタイプだ。私は、後者を選ぶことにした。昔作ったことのある安いキットは、履帯がゴムでできていた。それを転輪にはめ込んだものだ。それに近いほうを選んだのだ。

作りはじめると時間を忘れた。夢中で作業を続ける。

小学校時代にはなかった問題に気づいた。老眼だ。細かい部品が見にくい。もちろん老眼鏡をかけているのだが、それでもつらい。

なんとかならないものか……。手を止めて悩んでいると、毛針を作るのが趣味というかつての同僚の言葉を思い出した。毛針作りはおそろしく細かな作業なので、固定式の拡大鏡を使うのだという。そういうものがあるかどうか、模型屋の店主に訊《き》いてみよう。

そんなことを考えていると、妻が障子を開けてすっとんきょうな声を上げた。

「あらまあ、何を始めたんです?」

なんだか、いたずらを発見されたような気分で、照れくさくなった。

「プラモデルだ」

ぶっきらぼうに言う。

「そんな子供みたいなことを……」

「やってみたかったんだよ。今まで時間がなくて、やりたいことが何もできなかったからな」

「飲む、打つ、買うよりはずっといいですけど……。でも、よりによって、プラモデルだなんて……」

「この管内の地域課にすごいプラモデルの名人がいるんだ。外勤らしいんだがな……」

「なんです？　その人に対抗しようっていうんですか？」

「何事も挑戦するというのはいいことだ」

「でも、その人、名人なんでしょう？　とてもかなわないじゃないですか」

「昔取った杵柄《きねづか》だ。これでも、手先が器用でな。プラモデルもよく作ったし、プラモデルは高かったから、その辺にあった木を削って模型を作ったこともあった」

「まあ、好きにしてください」

妻のこの一言で、さらに闘争心が燃え上がった。ようし、あの両さんのティーガーⅠのような仕上げをして妻をびっくりさせてやる。

作業に熱中して、妻が夕食に三度も呼びに来るまでプラモデルの前を動かなかった。

2

翌日の午前中、あらかた組み上がったところで、両さんの作品をもう一度見ようと、模型屋に行った。

すると、ティーガーIのとなりに、同じスケールの戦車がもう一台増えていた。

「これ、ロシアのT34だね？」

すると、模型屋の店主は満足げな笑みを浮かべた。

「やはり、年配の人は素養がありますね。そう。T34中戦車です」

ロシア戦車らしく迷彩はなし。濃いグリーンの基本色で塗られている。だが、いかにも鉄の塊といった質感を感じさせる。

砲塔の部分など、見事に鋳鉄《ちゅうてつ》のざらざらした感じが再現されている。足回りの泥も完璧だし、砲身についた煤《すす》の感じもいい。

「これも、両さんが作ったのかい？」

「ええ。ヨンパチは比較的安くて、組み立ても楽なので、さくさく作っちゃうんですよ」

私はちょっと驚いた。

「これ、どれくらいで仕上げたんだろう？」

「さあ、一日もあれば仕上げちゃうんじゃないですか？」

「一日で……」

目の前が暗くなりそうだった。「このティーガーIもそうなのかね？」

「ええ、そうだと思いますよ」

衝撃だった。地域課の外勤といえば、多忙を極めているはずだ。だからこそ、暇を見つけてはこつこつと長い時間をかけて仕上げたと思い込んでいた。

理由もなくあせりを感じはじめた。

陳列棚の中のティーガーIとT34を仔細《しさい》に眺める。実際に作りはじめて気がつくことがいくつかある。

たとえば、車体上部に取り付けられている牽引《けんいん》ロープだ。プラスチックではない部品に取り替えられている。

「こういう部品は、別に売っているのかね？」

「ああ、金属製のパーツが別売されていますがね、その牽引ロープは、百円ショップで売っていたステンレスのワイヤーだって言ってましたよ」

「砲塔の鋳鉄の感じとか、溶接跡がリアルだね……」

「いろいろとテクニックがあるらしいですね。溶きパテを塗りつけたり……。溶接跡でも、両さんは、接着剤で溶かして筆で叩《たた》くだけだって言ってました。溶接跡もプラ用の接着剤でできちゃうんだそうです。ほら、プラ用の接着剤って、プラスチック本体を溶かすじゃないですか。それをうまく利用するんです」

本体を溶かすために接着剤を使う。そんな発想はなかった。接着剤というのは文字通り接着するためだけに使うものと思っていた。

「なかなか奥が深そうだね……」

ちょっと、無力感を覚えた。六十の手習いのレベルを超えているかもしれない。

店主はこちらの気持ちを見透かすように言った。

「お客さん。前も言ったけどね、プラモデルというのは、組み立てて楽しむもんなんですよ。まずは、丁寧に作ること。それが第一です」

「丁寧に作る……？」

「部品にバリとかがあるとそれだけでリアリティーがなくなるでしょう。だから、丁寧にヤスリでバリを取る。プラモデルっていうのは、どうしても多少歪《ゆが》みがあったりする。だから、そういうところも部品がぴたりと合うように丁寧にヤスリをかける。それだけで、ぐっと出来映えが変わってくるもんなんです」

「なるほど……」

「あとは、塗装ですね。とにかく楽しく塗ることが一番です。プロのモデラーじゃないんだから」

「だが、両さんの作品はプロ並みに見えるがね……」

「あの人は特別です」

何の慰めにもならなかった。

とにかく、両さんが作った二つのタンクを仔細に観察して、少しでも参考にしようとした。なるほど、仕事は丁寧だ。とても一日で作ったとは思えない。

しかも、外勤の合間に作っているというのだ。

両さんと呼ばれる警官の勤務態度に興味を覚えた。所轄署の幹部に必ず知り合いがいるはずだ。電話で訊いてみることもできる。

いや、いかん、いかん。余計な詮索《せんさく》は無用だ。私は、すでに退官した身だ。今は、両さんのテクニックに少しでも近づくことだけを考えていればいい。

「また来るよ」

私は店を出ようとした。

「待ってください」

ひげの店主は私を呼び止めた。「これがあると便利ですよ」

チューブを陳列台の上に置いた。

「何だね、これ」

「プラパテです。どうしてもパーツの間に隙間《すきま》ができたり、ヤスリで傷をつけちゃったようなときに、これで埋めてやるといいです。このままだと使いにくいので、塗料用の溶剤で溶いて少し柔らかくしてやるといいです。さっき言った鋳鉄の表現にも使えます」

「じゃあ、それと溶剤ももらっていこう。そうだ。老眼がきつくてね、何かいいものはないか、訊こうと思ってたんだ」

「バイザーのように頭に装着するルーペがありますよ。これは重宝すると思いますよ」

「じゃあ、それももらっていこう」

帰って作業を続けた。バイザーのようなルーペにはものすごく助けられた。なるほど、あらためて見ると、雑な部分が多い。私は、模型店で買ったヤスリを使って、できるだけ部品を丁寧に仕上げた。

これが思ったよりずっと時間がかかった。その日はヤスリがけで終わってしまった。眼が疲れてなかなか作業がはかどらない。肩も凝るし腰も痛くなる。年を取ってからの模型作りはなかなか骨が折れる。

「ま、何です、この臭《にお》い……」

翌日、今や作業場と化している和室に入って来るなり、妻が言った。

「ああ、溶剤を使っているんでな……」

私は、昨日、模型屋の店主に言われたとおり、プラパテを溶剤で溶かしてパーツの隙間を埋め、傷を修正する作業をしていた。やっている本人は気づかないが、周囲の者にとっては溶剤の臭いはなかなかきついようだ。

「ちょっと、家中が臭くなっちゃいますよ」

「ちゃんと換気をするよ」

「換気で済む問題じゃないでしょう。それに、こんな臭いのするところに長時間いたら、体に悪いですよ」

「わかった、わかった。縁側に移動するよ」

幸い、戸を開けはなっても寒い季節ではない。

「ご近所にも迷惑ですよ」

「おい、好きにしろと言ったのはおまえじゃないか」

「まさか、こんなに臭いとは思いませんでしたよ」

「模型作りというのは、こういうものだ」

妻はやれやれといった顔つきで部屋を出て行った。

パテを使っただけでこの騒ぎだ。塗装を始めたらどういうことになるか、想像するだけで暗澹《あんたん》たる気分になった。

なんの。

道楽には障害が付きものだ。ここで妻に負けるわけにはいかない。庭に追い出されても塗装を完成させなければならない。

塗装の前に、傷や隙間のチェックをくまなく済ませる。少しでも気になるところがあれば、溶剤で溶いたパテを塗り込み、サンドペーパーで削った。

全体の出来映えに満足すると、鋳鉄の表現に挑戦してみようと思った。両さんは、接着剤で表面を溶かし、筆で叩くと、模型屋の店主が言っていた。だが、私はもう一つの方法を試してみようと思った。

本体を溶かすというのがちょっとばかり恐ろしかった。失敗をしたら取り返しがつかないことになる。溶剤で溶いたパテを筆で叩くように塗るという方法もあると、模型屋の店主が教えてくれた。そちらをやってみることにした。

どろどろのパテを作り、筆でプラスチックの表面に乗せるように塗りつけていく。ちょっとどきどきした。小さい頃は、ただ説明書のとおりに組み立てるだけだった。色すらも塗ったことがない。デカールを貼《は》ればそれで充分に楽しめた。

当時、私にとってプラモデルというのは、実物とは関係なく、組み立てて遊ぶおもちゃに過ぎなかった。実物をスケールダウンして再現するという発想などなかった。子供なのだから当然だ。

今、こうしてティーガーⅡの質感を再現しようとする試みは、私に新たなる地平を与えてくれるような気がした。世界が広がったのだ。

今後は、実物の写真などの資料も集めてみよう。同じ型の戦車でも戦場によってディテールが違うはずだ。そういうものを再現する喜びはまた格別だろう。

パテが乾くと、砲身のつけ根はざらざらになった。軽くサンドペーパーをかけてやると、おお、見事に鋳鉄の荒い質感が表現できた。

私はすっかりうれしくなってしまった。これならいける。あとは、塗装だけだ。

もうじき夕食の時間だが、私は我慢できなくなり、また模型屋にでかけた。

「おや、いらっしゃい」

「いよいよ、塗装に入るんで、いろいろと機材をそろえようと……」

そこまで言ってふと陳列棚を見ると、また48分の1スケールの戦車が増えている。アメリカのM4シャーマンだ。

ずんぐりしたフォルムだが、砲塔の曲線が美しい戦車だ。アメリカ戦車らしくグレー一色に塗られている。これも、足回りの泥汚れやキャタピラの金属の質感が見事に表現されている。前部や砲塔の鋳鉄の感じもリアルだ。

「まさか、これも両さんが……」

「ええ、そうなんですよ」

「だって、昨日T34を持ってきたばかりなんだろう？」

「作りはじめると止まらなくなるらしくて……。そのうち飽きて、ぱたりと作らなくなってしまうんですけどね」

「うーん、それにしても、短時間におそろしいほどの完成度だ……」

「集中力が加速するらしいですね」

感心してばかりもいられない。こちらも、作業を進めなければならない。

「塗装には、エアブラシを使うと言っていたね」

「ええ。最初は取っつきにくい感じがしますけど、すぐに慣れますよ。塗料の薄め具合にコツがあるんです」

「薄め具合？」

「筆で塗るときより倍くらいに薄めるんです。そうですね、感じとしては水のようにさらさらした状態まで薄めます」

「じゃあ、エアブラシをもらっていこう」

「エアブラシというのは、便宜上の言い方で、正確にいうとハンドピースとコンプレッサーが必要です」

両方で、四万円近くした。ちょっと驚いたが、カードが使えるというので、買うことにした。

「ティーガーⅡに必要な塗料もそろえてほしいんだが……」

「箱絵のように三色迷彩にしますか？」

「そのつもりだ」

「では、ダークイエローに、グリーン、それにブラウンですね。塗料はそのまま使うのではなく、白や黒を混ぜてくすみをつけてやると本物っぽく仕上がります。ですから、白、黒、グレーも付けておきます」

模型屋の店主は、模型雑誌の別冊で塗装について詳しく書いてあるムックをおまけに付けてくれた。下町の小さな模型屋で、四万円もの商品が売れることなど滅多にないにちがいない。店主は、ご機嫌の様子だ。

自宅に戻ると夕食の用意ができていた。今日の作業は終わりにすることにした。

翌日、まずコンプレッサーにハンドピースをつなげた。コンプレッサーからエアを送り、塗料を霧状にして吹き付けるのだ。

模型屋の店主がくれた雑誌の別冊をつぶさに読んだ。エアブラシの使い方を丁寧に解説してあった。

とりあえず、何かに吹いてみようと思った。古い新聞紙を持ってきて、グリーンの塗料を溶剤で薄める。店主が言ったことが、雑誌の別冊にも書いてあった。薄すぎると思うくらいに薄めてちょうどいいということだ。

それをハンドピースのカップに入れて、コンプレッサーのスイッチを入れる。ハンドピースの上についているボタンを押しながら後方に引くと、先端から緑色の霧が噴射された。古新聞に吹き付けてみる。

きれいに緑の円が描かれる。

「これはいいな……」

さっそく塗料の調合にかかる。白や黒を混ぜてくすみをつけるのだと、模型屋の店主が言っていた。とりあえず、黄色、緑色、茶色の三色を調合する。

薄い色から先に塗っていくという基本くらいは知っている。小学校の図画の時間で習うことだ。

エアブラシのハンドピースを持ち、ティーガーⅡに向かうとどきどきした。ここで、躊躇《ちゅうちょ》していても始まらない。私は覚悟を決めてハンドピースのボタンを押した。

黄色を全体に吹いていく。なるほど、筆で塗るよりずっと早くきれいに仕上がる。黄色を吹き終わるとほっとした。

乾くのを待つ間に、ハンドピースの掃除をしなければならない。このままだと別の色を吹き付けることができない。内部をきれいにして次の塗料をカップに入れるのだ。

塗料が乾くには時間がかかる。だが、筆で塗ったよりもエアブラシで吹き付けたほうが比較的早く乾燥するようだ。

黄色が乾くのを待つ間、箱絵をじっくりと見て迷彩のパターンを考えた。まずは、筆で輪郭を描き込んでみよう。それをエアブラシで塗りつぶしていく感じだ。

「ま、ひどい臭い」

背後で妻の声がした。

「部屋でやると臭いというから、こうして縁側に出てやってるんじゃないか」

「何ですか、その機械は？」

「エアブラシっていうんだよ」

「そんなものが必要なんですか？」

「必要だから買ったんだよ」

「なんだか大ごとになってきましたね……」

「趣味というのは、そういうものだ」

この程度の障害に屈してはいけない。

「それにしても、この臭い、何とかならないんですか？」

「ちゃんと換気するって言ってるだろう」

「まったく、困ったものですね……」

妻はあきれた様子で去っていった。

私は作業を再開した。筆で緑のパターンの線を描き入れ、それをエアブラシで塗りつぶしていく。さらに、茶色で同じことをした。

キャタピラの履帯には、濃いグレーを吹き付けた。これで塗装は終わりだ。なるほどきれいに仕上がった。初めてにしては上出来だろう。

だが、ただきれいなだけで、ずいぶんと物足りない。両さんが作った戦車のようにリアルに感じないのだ。

そうか、汚しか……。ウェザリングとか言っていたな……。

両さんが作った戦車のキャタピラには本物の泥が付着しているように見えた。さらに、金属が削れている感じも表現されていた。

どうやったら、ああいう雰囲気が出せるのだろう。考えた末に私は庭に降りて泥をすくってきた。

キャタピラの履帯や泥よけカバーに泥を塗りつけてみた。結果は惨憺《さんたん》たるものだった。本物の土は粒子が大きく、35分の1スケールの戦車に塗りつけても、土には見えないのだ。

それ以前にざらざらして付着すらしない。「これはだめだな……」

私はつぶやいた。せっかく、迷彩を描いたのだが、仕上げのやり方がわからない。泥をこすりつけたところが汚れてしまった。これは汚しではなく、単なる汚れだ。

また、模型屋に行って店主に尋ねてみようとも思った。だが、何から何まで世話になるのも気がひける。

汚しくらいは独力で何とかしたかった。乾いた泥というのは、白っぽい。手もとには茶色と黄色と白の塗料がある。これを混ぜればできるのではないか。

私はそう考えて調合を始めた。なんとかそれらしい色ができたので、それを筆でキャタピラにちょいちょいと塗ってみた。

ただまだらになっただけで、土がついているという感じではない。キャタピラを金属っぽく見せるテクニックについては、見当もつかない。

まだらになったキャタピラを見ていると、何だか情けなくなってきた。両さんが作った戦車とはあまりに出来が違いすぎる。

仕方がない。やはり、模型屋の店主に頼るしかなさそうだ。私は、家を出て模型屋に向かった。

3

「ウェザリングですか」

模型屋の店主は言った。「塗装にはラッカー系を使ったのですね。じゃあ、ウェザリングには、エナメル系を使うのが基本です。エナメル系の溶剤はラッカー系を溶かさないので、下地を傷めないんです。まず、茶色系でウォッシングするといいです」

「ウォッシング？」

「エナメル系塗料の茶色などを、溶剤でじゃぶじゃぶに薄めて、プラモデル全体を洗うように筆で塗るんです。半乾きになったら、綿棒かティッシュなんかに溶剤をつけて、陰を残すような感じで拭《ふ》き取るんです。それだけで、ぐっと味が出ますよ」

「キャタピラなんかは、どうやって仕上げればいいんだろう。両さんの作ったキャタピラはまるで本物のようだ」

「ひとつはドライブラシですね。明るい色の塗料を乗せていくんです」

「塗ってみたが、うまくいかなかった。ただ汚くなっただけだった」

「筆に塗料を付けたら、ティッシュなんかで拭き取っちゃうんです。そして、かすかすになった状態で、筆で叩くように擦《す》りつけていくんです。銀色の塗料でこれをやると、がぜん金属っぽくなります。キャタピラには銀のドライブラシが不可欠ですね」

「泥なんかは、どうやればいいんだね？」

「今は、ウェザリング用の粉を売ってますが、基本的には、パステルを削って粉にしたものを擦りつけるといいですよ。明るい色と暗い色をうまく混ぜるようにするとリアルになります」

「じゃあ、今言った材料を全部もらっていくよ」

「毎度ありがとうございます」

エナメル溶剤は、ラッカーの溶剤ほど臭くはない。灯油のような臭いがする。

茶色のエナメル塗料を薄く溶いた。これを、筆で全体に塗るのだ。

それで本当にリアルな感じになるのだろうか。私は半信半疑だった。洗うようにと言っていたから、本当にじゃぶじゃぶと塗っていけばいいのだ。

やってみた。これで本当にいいのかどうか不安になってきた。半乾きになるのを待って、綿棒に溶剤を浸し、陰を残すように拭き取っていく。

「ほう……」

私は思わず声を上げていた。ウォッシングの効果は絶大だった。それまで、安っぽい感じだったのが、一気に重厚感を増した。

次はドライブラシだ。銀色の塗料を筆に取り、それがかすれるくらいまでティッシュで拭き取る。その状態でグレーに塗り直したキャタピラを叩いていった。要するに、わずかに筆に残った塗料を無理やり擦りつけるわけだ。

「おお！」

その効果は、ウォッシングよりもさらに大きかった。さっきまでただ灰色を塗ったプラスチックでしかなかったキャタピラが、金属に見えてきた。

あとは、泥だ。パステルをサンドペーパーに擦りつけて粉を作る。模型屋の店主は濃い色と淡い色の二種類を用意してくれていた。湿った泥は濃く、乾いた泥は淡い色になる。それをうまく表現するのだ。

粉を筆に付着させてキャタピラに擦りつけてみた。これも、すばらしい効果だった。

ウェザリングをすることで、一歩、両さんが作った戦車に近づけたような気がした。両さんは、さらにリアルに見えるように、いろいろな改造をしているようだった。プラスチック製の牽引ロープを金属のワイヤーに置き換えていたし、他にも改造用のパーツを使っているようだった。

私はとてもそこまではできない。今のところ、ウェザリングまでで精一杯だ。だが、私はティーガーⅡの出来映えに満足していた。縁側に敷いた新聞紙の上に置かれているティーガーⅡ。それをさまざまな角度から眺めた。いつまで見ていても見飽きなかった。

そんな私の姿を見て、妻はすっかりあきれた様子だった。

妻には理解できまいが、男には夢中になれるものが必要なのだ。私は今まで仕事に夢中だった。仕事がなくなったら、どうなるだろうと、実は不安だったのだ。

だが、ティーガーⅡを作ってみて不安はなくなった。この四日間、私は模型作りに夢中だった。

妻はプラモデルなどくだらないと思っているかもしれない。子供の遊びだと考えているだろう。

どんな高度な趣味でも、本気でのめり込めなければつまらない。逆に、どんな些細《ささい》なことでも、夢中になれれば、それは立派な趣味なのだ。

私は、完成したティーガーⅡを、模型屋の店主に見せに行こうと思った。うまくすれば、両さんの作品といっしょに飾ってくれるかもしれない。

そう考えるだけでわくわくした。

翌日、私は本当にティーガーⅡを持って模型店に出かけた。

そして、店主に見せるために包みを開いたとたんに、思い知らされた。両さんの作品とは月とすっぽんだ。

これまで近くに置いて比較しなかったから、それほど差を感じなかった。こ

ジャリ
おお
いいじゃん
これ

うしてそばに置いてみると、技術の差は歴然だった。

私は急に恥ずかしくなった。すぐにティーガーⅡを包み直して持って帰ろうと思った。模型屋の店主は、陳列台の上にティーガーⅡを置いて、じっと眺めている。

いや、もういいよ。とてもじゃないが、両さんの作品の脇に置いてもらえるような代物《しろもの》じゃない。

私がそう言おうとしたとき、誰かが店に入ってきた。私の背後から大きな声が聞こえた。

「お、ケーニッヒスティーガーじゃないか」

模型屋の店主が顔を上げて言った。

「あ、両さん」

私は、さらに恥ずかしくなった。いい気になって、こんな作品を模型店に持ち込まなければよかった。

私は、両さんのほうを見られず背を向けたままだった。きっとぼろくそに言われるに違いないと思ったのだ。

両さんの声が続いた。

「35分の1スケールだな。素組みだけど、丁寧に作ってあるな。ウェザリングも良い感じだ。作り手の情熱を感じるね」

その言葉が信じられなかった。

神にも近い両さんが、ほめてくれたのだ。その一言ですべてが報われた気がした。

何だか、じんわりと涙が滲《にじ》んできそうだった。

一杯の賭け蕎麦

―花咲慎一郎、両津勘吉に遭遇す―

柴田よしき

1

俺《おれ》の名は、花咲慎一郎《はなさきしんいちろう》。冒頭に名前を名乗るというのは何とも気恥ずかしいというかわざとらしい構成なのだが、いつものように好き勝手に俺の視点で物語を語ったのでは、俺の名に馴染《なじ》みのない読者には、何が何やらさっぱりわからん、と思うので、今回は自己紹介から始めてみる。

俺の現在の職業は、私立無認可保育園の経営責任者、つまり園長だ。が、俺は保父ではない。俺の職務は基本的に、にこにこ園、という名前のその保育園が潰《つぶ》れないように経営することである。とは言っても、万年赤字の零細《れいさい》保育園、しかも無認可、となれば、人件費の節約は生命線であり、かと言って保育士の数を減らしてしまったのでは、子供たちに安全で快適な空間を提供するのは難しくなるわけで、いきおい、俺も雑用一切を引き受けて子供たちの後ろを追い掛け回すことになる。それでもやはり、俺は保育士ではなく経営者だ。万年赤字状態を少しでも改善し、閉鎖に追い込まれることだけは免れるよう粉骨砕身《ふんこつさいしん》するのが、俺の責務である。何しろ、にこにこ園は、新宿、という特殊な街にあり、園児の保護者の半数以上がシングルマザー、母子家庭なのだ。しかも母親の職業は、八割以上が水商売。おまけに、就労ビザが切れて不法滞在状態になっていたりとか、所得税も市民税もしらばくれたまま住所を転々としているとか、暴力をふるう内縁の夫から身を隠しているだとか、とにかく、ワケアリ、の母親が多いのだ。それでなくても、母子家庭だとか水商売に従事しているとかいう条件の為《ため》、大小様々な差別や冷遇にさらされているのに加えて、生きていくのに最低限必要な条件さえ整っていない、健康保険証なんてもちろん持ってない、そんな母親たちがにこにこ園だけを頼って子供を預けている。彼女たちから、正当な料金ですから、と、高額な保育料をふんだくることなどとてもできやしないし、相場よりかなり安い保育料すら滞納しているからといって、退園してくれ、なんてこともなかなか言えない。

何をそんな人のいいことを言っているんだ、この偽善者が、という罵声《ばせい》がどこからともなく聞こえて来るような気もするが、何と言われようと、にこにこ園、という保育園が、もともとそうした女性たちの為に設立された、という歴史があるだけに、偽善だろうがなんだろうが、子供たちとその母親を苦しめることだけは出来ないのである。

が、しかし、保育料を滞納していても追い出さない、相場より安くしか貰《もら》わない、保育士の数は減らさない、となってくると、赤字を解消することなどは未来永劫《えいごう》、不可能な話であることもまた、悲しい現実だ。その分の埋め合わせに、近所の八百屋《やおや》だの魚屋だの肉屋だののツケはできるだけ払わずに引き延ばし、遊具は手作りし、衣類は新宿区中の他の保育園や幼稚園のバザーをあさり、絵本は古本屋で値切って買い、と、努力は重ねているのであるが、早い話が焼け石に水。そこで、俺としては、経営責任を果たす為、赤字の補塡《ほてん》を余儀なくされることになる。と言っても、株の取引で赤字補塡をしようなどと思えるくらい経済に強いわけでもなく、その資金もない。かと言って闇《やみ》のブローカーに腎臓《じんぞう》を売るのはちょっと躊躇《ためら》われるし、腎臓は一個しか売れないので赤字補塡出来るのはたった一回だ。ああでもない、こうでもない、とない知恵をいくらひねっても、赤字補塡の方法はアルバイト以外に思いつかなかった。ということで、俺は、保育のローテーションの合間をぬって、アルバイト稼業に精を出すことになった。そのアルバイトとは、すなわちこれ、私立探偵。

保育士探偵・花咲慎一郎の誕生である。

で、それがどうした、と、俺自身の物語には興味のない読者から邪険に言われそうなので、自己宣伝はこのくらいにしておくが、要するに俺は、保育園の園長をしながら私立探偵もしている、という、かなり忙しい人間なのである。その忙しい日々の最中、先日俺は、とても貴重な体験をした。その体験というのが、つまり、警視庁きっての名物巡査、両津勘吉との出合いであった。

本当のところ俺は、両津勘吉、という名前をまったく知らないというわけではなかった。俺もはるか昔には警視庁に所属していた警察官だったのだ。そしてその頃《ころ》から、下町の方に何やらとてつもない型破りな、というか、ほとんど、どうしてクビにならずに警察にいられるのか誰《だれ》にも真相はわからないというくらい、奇跡的にはちゃめちゃな男がいる、という噂《うわさ》は耳にしていた。しかし俺はもっぱら、防犯課、今で言うところの生活安全課、に所属する刑事であり、たまたま転勤して歩いたのも渋谷《しぶや》だの新宿だの、という地域だったことがあって、両津勘吉がどんなふうにはちゃめちゃでどれほど無茶苦茶なのか、この目で見る機会はなかったし、耳に入って来る噂はどれもこれも、すさまじいのを通り越して漫画の世界のようであったので、よっぽどキャラの立った奴《やつ》なんだろうな、という感想を持っただけで、噂の大部分は尾ひれであると理解してしまっていた。尾ひれどころか、噂の大部分はまんま事実だった、と今は知っているが、相変わらず、それならなぜ、彼がクビにならないでいられるのかは謎《なぞ》のままである。

が、しかし、とっくの昔に警察を辞めた俺にとっては、両津勘吉がクビにならない理由など詮索《せんさく》しても意味がないし、世の中にはいろいろと不思議なことがあるものなので、これもまた、東京の七不思議なのだと納得しておくことにする。

＊

秋がそろそろと深まりつつある十月のとある朝。

俺はいつものように、生あくびを嚙《か》み殺しながら、朝食の後片づけをしていた。行儀のいい男だな、と褒められる前に説明しておくが、その朝食とは、泊まりがけで園に預けられている三人の保育園児と、夜勤の保育士、それに俺と五人でおいしくいただいた、卵とじのおかゆと野菜の煮物、それにバナナにヨーグルトをかけたもの、である。なんだ、行儀の問題ではなく仕事なのかよ、と突っ込まれても、飯を食ったら後片づけをしなくてはならないのは、仕事だろうと仕事でなかろうと一緒である。

皿を洗って水切りカゴに並べている時、チャイムが鳴った。時計を見るとまだ七時半、三人の子の母親がお迎えに来るには少し早い。

玄関のドアを開けてみると、そこに立っていたのは、金色の長い髪をゴージャスになびかせた、巨乳の、とんでもない美女だったのでものすごく驚いた。しかも、ミニスカポリスのコスプレをしている。ぬけるように白い肌とその派手な色の髪から察するに、ハーフらしいが、金髪の方は染めているだけという可能性もあった。どうでもいいが、なんでこんな朝っぱらからコスプレなんだ、と、むきっとスカートから元気に突き出ている太ももやらひざ小僧やらに視線を落としそうになって、俺は慌てて、理性を取り戻した。

「あの、何か」

「えっと」

金髪コスプレミニスカポリスは、実に可愛《かわい》らしく小首を傾《かし》げて言った。

「ここって、にこにこ園ですわよね」

「はい、そうですが」

「ええっと……」

金髪コスプレ以下略は、何やら書類のようなものを取り出して眺め、それから言った。

「ここに、加藤小鞠《かとうこまり》ちゃん、っていう、女の子預けられてます？　三歳なんですけど」

「小鞠ちゃんなら、いますよ。まだ、お母さんがお迎えに見えていないんですが」

「あのぅ、ちょっと確認させていただきたいことがありまして」

「はあ」

俺は、ついつい視線が来客の胸元にさまよいそうになるのを堪《こら》えて言った。

「あの、お宅はどなたなんでしょう？」

「あ、いっけなーい」

金髪女はまた可愛く首を傾げた。

「名前言うの忘れてましたー。わたし、秋本麗子でーす。新葛飾署交通課の巡査でーす」

金髪の麗子さんは、なんと、警察手帳を堂々とかざして微笑《ほほえ》んだ。

新葛飾署交通課。巡査。

あの、それじゃ、そのミニミニスカートの制服って……なんちゃってじゃなくて、本物⁉

い、いつから婦警の制服ってこんなミニスカートになったんだ。知らなかった。

「今は、地域課に応援に駆り出されているところなんで、亀有公園前派出所に勤務してまーす」

「は、はあ。そうですか。それはどうも。それであの、小鞠ちゃんの何を確認したいと」

「無銭飲食なんですよぉ」

「……は？」

「ム・セ・ン・インショク！　タダ食いして逃げちゃったんです」

「……小鞠ちゃんが、ですか？」

「やだ、違いますってば」

麗子はけらけらと陽気に笑った。

「三歳の子がタダ食いしても、罪にはならないじゃないですか。タダ食いして逃げたのは、加藤小鞠ちゃんのお祖父《じい》ちゃんなんです」

「おじいちゃん……と言うと、その、小鞠ちゃんのお母さんのお父さん、ということでしょうか」

「違いますぅ、お父さんの、お父さん」

お父さんのお父さん。つまり父方の祖父か。なるほど。

小鞠の母親は、小鞠の父親については何も説明していないし、結婚歴もないと言っている。つまり小鞠は私生児で、法律上は父親が存在していない。だがもちろん、人間の子なんだからどこかに父親はいたのだろうし、その父親の父親という人物が存在しているとしても、そこには何の矛盾も不思議もない。だが無銭飲食をして派出所に捕まったジイさん、いや、小鞠の祖父ならば下手《へた》をすれば五十代のまだ前半でもおかしくはないので、おっさん、か、その男が、わざわざ警察に何をさせようとしているのだ？

「えっと」

俺は、玄関のドアを開けたままで立ち話しているのもおさまりがつかなかったので、言った。

「とにかくその、中へどうぞ。お話が今ひとつ、わからないんで説明していただけますか」

ところが、ミニスカ婦警は、むんず、と俺の腕をつかんで言ったのである。

「そんな時間、ないんですぅ。とにかく、交番に来てください。あなた、保父さんでしょ？」

「あ、いえ、ここの園長です」

「あらま。何でもいいわ、加藤小鞠ちゃんだけパトカーに乗せて連れて行くわけにもいかないし、あなたもご一緒にどうぞ。さ、早く！」

「ご一緒にどうぞって、すみません、ちょっと待ってください、こっちにも都合が、それに何がなんだかわけが」

「うん、もう！」

金髪婦警は、ものすごい目で俺を睨《にら》み、ドン、と足を踏みならした。

「ごちゃごちゃ言ってると逮捕するわよ！　早く派出所に戻らないと、両ちゃんが何するかわかんないんだからっ！」

俺は迫力負けして、慌てて保育士の都《みやこ》ちゃんに加藤小鞠の支度を頼んだ。支度、と言っても、母親が迎えに来るのを待つだけの状態でいたので、ただ、かばんを提《さ》げて靴を履いただけで完了である。しかしどれほど金髪婦警に度肝《どぎも》を抜かれていたとしても、いちおう幼い子供を預かる責任として、すべきことはせねばならない。俺は小鞠の母親の携帯電話に電話した。留守電になっていたが、亀有公園前派出所に向かうことを告げる。ついでに都ちゃんに頼んで、新葛飾署に確認の電話も入れて貰った。秋本麗子という婦警は実在しており、地域課への応援で亀有公園前派出所で臨時勤務中であることも事実だった。

それでも俺は用心して、小鞠の手をしっかりと握り、にこにこ園のあるビルを出た。ビル前の路上には交通取り締まり用のミニパトではなく、ちゃんと後部座席に大人三人が座れる大きさのあるパトカーが待機していた。俺は細心の注意を払ってパトカーを観察したが、偽物には見えない。ただし、運転席にいた警官の制服が、どう見ても特注品にしか見えないおしゃれなストライプで、しかもそれを着ていたのが、むかつくほどの美男子である、という点は、ものすごくアヤシかった。

「麗子さん、遅いよ」

美男子の警察官が言った。

「もう先輩、あいつに向かって拳銃《けんじゅう》ぶっぱなして蜂《はち》の巣にしてるかも」

ゲゲゲッ。なんだそれは。

「だってこの園長さんが、ぐずぐず言うんだもん。あ、園長さん、この人、圭《けい》ちゃん、新葛飾署の中川圭一《けいいち》でーす」

中川。

……聞いたことがある。そんな噂をちらっと耳にしたことが。だが、あまりの突飛《とっぴ》な話に、警視庁伝説のひとつだと思っていた。あの中川コンツェルンの令息で、五千台の車を所有しているというものすごい男。ひとりだけ特注の制服着用をゆるされ、拳銃の腕は警視庁、いや、日本警察機構一、しかも違法合法問わずに拳銃のコレクションも日本一。そう言えば、伝説の破壊的警察官・両津勘吉がクビにならずに済んでいるのは、両津勘吉によって生じた損害の全部を中川財閥が尻拭《しりぬぐ》いしているからだ、という話もどこからか……ああっ！！！！　そ、そうだった、その両津勘吉が勤務している交番が、亀有公園前派出所だったんだっ！！！！！！！

で、では、これから俺と小鞠が連れて行かれようとしているところには、両津勘吉が待っているのか……なんで？　どうしてなんだ、いったい何があるって言うんだ！

「では皆さん、シートベルトをしっかりとおしめくださーい」

麗子が言った。ふと見れば、ちゃんとチャイルドシートが取り付けてある。俺はシートに小鞠のからだをしっかりと固定し、自分もシートベルトをがっちり締めた。伝説のカーマニア中川である、どんな運転をするかわかったもんじゃない。

「では、出発！」

まるでバスガイドみたいな麗子の掛け声と共に、パトカーは発進した。その途端、俺は、シートベルトのありがたみをつくづくと感じ、目を閉じて、無事に到着するまで神に祈ることに専念した。

2

「小さい子が乗ってるんで、気をつかっちゃったもんで、けっこう時間かかったなあ」

中川が言う。どんなふうに気をつかえば、あんな無謀な運転ができるのかさっぱりわからない。しかも、新宿二丁目から葛飾区の亀有公園前派出所まで、サイレンを鳴らしっぱなしでぶっ飛ばしたとは言え、たった十五分で到着していた。驚異である。幸い、小鞠は、遊園地でも身長制限でジェットコースターの絶叫マシンに乗れないのを悔しがるほどのスピードマニアだったので、終始ご機嫌であった。

「両ちゃーん、遅くなりましたー」

麗子が小鞠の肩を抱くようにして派出所に入る。俺はしばし、その外観を眺めてひそかに感動していた。ここか。ここがあの、伝説の派出所なのか。が、当然ながら、外観は他の交番とどこか違う、というわけではない。

「おっそーいっ！」

だみ声に一喝されて、俺は一瞬、縮み上がった。よくよく見ると、事務椅子《いす》に座って腕組みしているおっさんがいた。

……眉毛《まゆげ》がつながっていた。

顔が濃い。濃すぎる。

しかもなんと言えばいいのか……全体の雰囲気がレトロである。立ち上がるときっとがに股《また》だ。めくり上げた制服の袖《そで》からは、にょっきりと、熊《くま》のような毛に覆われたやたらと太い腕が出ている。とにかく腕っぷしは強そうだ。

この男が、両津勘吉なのか。

「わしはもう限界だっ。今朝は寝坊して朝飯に納豆を食う暇もなかったのに、こいつのせいで、このままだと昼飯も食いっぱぐれるところなんだぞっ。こいつが言ってる孫娘ってのは、連れて来たのか、麗子」

「ちゃんと連れて来たわよ、両ちゃん」

麗子の腕の中から、小鞠がきょとんと顔を出す。その途端、レトロなつながり眉毛の両津勘吉を突き飛ばすようにして、背後から何かが飛び出して来た。

「こまりぃいいいいいいいいいいいいい！」

妖怪《ようかい》じみた小柄な老人が、ひっし、と小鞠を抱きしめ、おんおんと泣く。

「あ、じいちゃんだー。じいちゃーん、げんきぃ？」

小鞠は能天気に、自分に抱きついている老人のあたまをぽんぽんと叩《たた》いて喜ぶ。

「ね、ちゃんと連れて来たでしょ？　えっと、小鞠ちゃん、ひとつ確認させてね。この人、篠崎六郎《しのざきろくろう》さんは、間違いなく、小鞠ちゃんのおじいちゃんなのね？」

「うん。じいちゃんだよー」

「じいちゃんだよー。なー」

老人が一緒になって言う。老人、と言っても、まるでホームレスのように汚れて真っ黒な顔のせいで老けて見えるが、そのじつ、五十を過ぎたばかりくらいじゃないだろうか。

「よぉし、わかった。これで解決だ」

両津勘吉が膝《ひざ》を叩いた。

「んじゃ、えっと、小鞠、じいちゃんが無銭飲食した、朝定食四百円、おまえ、弁償しろ」

「べんしょうってなあに？」

「ちょっと、ちょっと待ってください」

俺は慌てて割って入った。

「ちょっと両津さん、あなた、この子はまだ三歳なんですよ。いくら祖父とはいえ、なんでこの人の無銭飲食の弁償を、この子がしないとならないんですかっ」

「三歳だろうが三十歳だろうが、この篠崎六郎の身内は孫娘ひとりだけなんだから、仕方ない、仕方ないだろう」

「仕方ないだろう、って、そんな、孫がいるんなら子だっているはずでしょう！　息子はどうしたんですか、息子はっ」

「行方知れずなんじゃぁぁぁ」

六郎が泣き崩れる。

「息子はわしのことなんか、気にもせんで、もう何年もどこにいるやらわからんのだぁ」

「パパなら、今ね、ケイムショ」

小鞠が無邪気に言った。

「ママが電話でベンゴシさんと話してたの、聞いちゃった。パパ、今、ケイムショってとこにいるんだよ。カクセイザイなんとかイハンだって」

小鞠以外の全員が、その場でかたまった。

「えー、ゴホン」

人が好さそうな中川がわざとらしい咳払《せきばら》いで、硬直を解いた。

「まあその、いろいろあるみたいですが、要するに、篠崎さんの身寄りというのは息子さんとこのお孫さんだけで、その息子さんとは簡単に連絡がとれる状況ではない、ということですね。従って、無銭飲食の弁償を息子さんが今すぐすることは難しい、と」

「定食屋のおばちゃんは、金を払ってくれるなら訴えない、って言ってんだよ。まあ無銭飲食は泥棒と同じだからな、しかも現行犯となれば、訴える訴えないじゃなくて、逮捕しなくちゃならんのだが、わしもめんどくさいんだ。この場で四百円、さっさと払うなら釈放すると言ったんだが」

「お金を持ってるくらいなら食い逃げなんかしませんよ、だんな」

篠崎は当然だ、という顔で言った。

「こいつが言うには、一昨日、現金書留で孫娘のところに小遣いを送った、だから無一文なんだと。だったらその孫娘がこいつの金を持ってるわけだから、孫娘に払わせるしかあるまい、ってことで、連れて来て貰ったんだ。わかったか、園長」

初対面で呼び捨てにされたのはともかくとしても、俺は納得できなかった。

「そんな無茶苦茶な論理ってないでしょう。罪をおかしたのはこの人で、小鞠ちゃんには関係ない。小鞠ちゃんが貰ったお金は小鞠ちゃんのものです。なんでこの子が弁償しないとならないんですか」

「じいちゃんの危機なんだ、孫として、助けるのは当然である」

「たった四百円のことでしょう？　だったらわたしが払います。それでいいんでしょう？」

　俺は財布を出そうとした。が、鼓膜が破れそうな大音量の一喝を浴びせられた。

「あっまぁぁぁぁぁぁぁぁぁぁいっ！！！！！！！！」

　両津勘吉が事務椅子から立ち上がった。その異様なほどのがに股には、有無を言わさぬ迫力があった。

「たった四百円とはなんだ、たった四百円とはっ。四百円あれば、パチンコで大当たりを出すことだってできるし、馬券だって買える。小さいもんならプラモだって買えるんだっ、四百円を馬鹿《ばか》にする奴は四百円に泣くんだぞっ。第一な、金さえ払えばいいって考えが気に入らん。あの定食屋では、毎朝、旨《うま》くて安い魚を仕入れる為におばちゃんとおじちゃんが早起きして、軽トラに乗って築地《つきじ》まで仕入れに行ってるんだ。飯も今どき、マキをくべた釜《かま》で炊いてるし、ぬか漬けもタクアンもおばちゃんが自分で漬けてるんだぞっ。それで塩鮭《しおざけ》に生卵、納豆に、豆腐のみそ汁と漬物がついて、朝定食は、その、たった四百円しかとらないんだ。四百円ったって、定食屋の心意気が詰まった中身の濃〜い四百円なんだよっ。それを踏み倒して逃げておいて、金さえ払えば釈放されると思ってる、その根性が気にくわんっ」

めんどくさいから金さえ払えば釈放する、と決めたのはあんたじゃないか。

俺は反論したかったが、両津勘吉のあまりに真剣な顔に思わず黙った。

「この篠崎は、無銭飲食の常習犯なんだ。このあたり一帯の牛丼屋も蕎麦《そば》屋も、みんな一度はこいつに食い逃げされてる。そのたんびに、こいつの知りあいだとかなんだとかが、たいした金じゃないからと弁償して釈放されて来た。そのせいで、今やこいつには友達も何もいないんだ。それなのにこいつはまたやって、今度は孫娘の名前を出して来た。まさか警察が、三歳の子供から金を取り立てたりはしないだろうとたかをくってやがったんだ。だからわしは、麗子と中川をすぐに派遣して、孫娘を連れて来させた。どうだ篠崎、あんた、本気で孫にやった小遣いから四百円、むしり取って自分が助かるつもりか？　その小遣いってのは、この孫娘の誕生日のプレゼント代わりだったんだろう？　ここでこの子に、じいちゃんを助ける為に四百円出してくれって言うってことは、あんた、この子から誕生日のプレゼントを取り上げることになるんだぞ？　わしはそれでも構わん、この子が大きくなって、無銭飲食、って言葉の意味や、あんたがその金を自分に払わせたって事実の意味を知ってあんたを軽蔑《けいべつ》する日が来ても、わしには何の関係もない問題だからな」

両津勘吉は、ふん、と鼻を鳴らした。

俺は、両津勘吉の顔をまじまじと見た。どうやら、三歳の子供の金を本気であてにしていた怠け者の警察官、という立て前の向こうに、なかなか奥の深い人間がいるらしい。なるほど、金を払えばいいんだろう、と言った自分の言葉には、恥じ入るしかない。

一方、篠崎の方はといえば、忙しく瞬《まばた》きしながら両津の顔と孫娘の顔とを見比べている。孫娘の名前を出せば、哀れに思って見逃してくれるだろうと踏んでいたのだろうが、そうは問屋が卸《おろ》さなかった。こうして孫を目の前にして、さて四百円を孫の懐から摑《つか》み出すほどの鉄面皮《てつめんぴ》なのかどうか。俺が見たところ、篠崎は人間がさほど劣悪というわけではないように思える。が、典型的ななし崩し型のダメ人間だ。覚せい剤でひとり息子が刑務所入り、というのは確かに気の毒ではあるが、そんな息子に育ってしまった原因がいくばくかでもこの男になかったようには思えない。たぶん、昔からまともに働くのが嫌いで、無銭飲食などというしみったれた悪事を重ねては、他人の情けにすがって生き延びる、そういうせこい小悪党だったに違いないのだ。

と、俺のポケットで携帯が振動した。出ると、小鞠の母親だった。

「園長先生、警察の用向きで葛飾署に行くって、いったいどういうことなんですか！　どうしてうちの娘が関係してるんですかっ！　娘は、小鞠は無事なんですかっ！」

嚙みつかんばかりの母親をなだめつつ、俺はざっといきさつを説明した。電話の向こうで、小鞠の母親が大きくひとつ嘆息した。

「またあの人なんですか」

母親は、あきれ返った、という口調だった。

「まったくもう……小鞠の名前を出すなんて。なんてずるい人なのかしら。それでいてあたしの名前は出さないんですよ、そういう人なんです。息子も最低なら親も最低。小鞠と少しでも血が繋《つな》がっているなんて、考えたくないくらいだわ。義理の父、いえもう、他人ですけどね、篠崎はいったい、いくら無銭飲食したんですか？」

「朝定食、ってのを、四百円分」

「四百円！」

小鞠の母親は、泣き笑いのような声を出した。

「たったそれだけのお金も持ってないって言うの……」

「すみません、今、新葛飾署の亀有公園前派出所の巡査に、わたしがたてかえて払うと申し出たんですが、どうもその……篠崎さんは常習犯のようでして、今回だけ代金を払っただけでは済まないようなんですよ。わざわざ小鞠ちゃんをここまで連れて来るよう手配したのも、幼い孫の名前でも出せば勘弁して貰えると思っていたらしい篠崎さんに、孫の前で、みっともない言い逃れをさせない為だったみたいです」

「それじゃ……お金を払っただけではだめってことですか？」

「いいえ、小鞠ちゃんのお小遣いから払うなら、今回に限り釈放する、と巡査は言ってます」

「そんな無茶な」

「そうやって、小鞠ちゃんの記憶に、だらしない祖父だったことを刻みつけることになるけれどそれでもいいのか、そういう選択を篠崎さんに迫りたいってことなんでしょう。篠崎さんが数日前、小鞠ちゃんのところに現金書留でお小遣いを送った、というのは本当なんでしょうか」

「お金は送って来ましたよ、確かに。でもあのお金は、二ヵ月くらい前、寸借《すんしゃくさぎ》詐欺みたいなことして警察に捕まった時に、篠崎があたしの名前を出して、それで仕方なく引き取りに行って、被害者の方にお支払いした弁済金五万円にあててくれ、と手紙がついてましたけど。それも五万円全額じゃなくって、たった二万円だけですよ。そう言えば、少しでいいから小鞠に、おじいちゃんからお小遣いだよ、って分けてやってくれだなんて、虫のいいことも書いてありましたけど。でも小鞠はまだ三歳なんです、現金なんて渡しても仕方ないでしょう？　お絵書きセットと折り紙セットを買って、おじいちゃんからよ、って渡しました」

「それじゃ、小鞠ちゃんは現金は持ってないんですか」

「持ってやしませんよ。三歳の子に現金なんか持たせてもどうしようもないじゃないですか。あ、でもほら、園で何かあった時の為に、連絡用にって、保育園バッグの内側のポケットの中に、千円札を二枚、たたんで入れてありますけど。園長さんもご存じでしたよね」

「あ、そうでしたね。しかしあのお金はあくまであなたのお金だし」

「ですから、篠崎が送って来た二万円だってもともとはあたしのお金です。小鞠の実の祖父が詐欺で逮捕されて、いい歳《とし》して刑務所暮らしなんてことになったら、それでなくてもあの子の父親が……あ、いえ、とにかく、小鞠の為に、仕方なくあたしが弁済したんです。篠崎はそういう人なんですよ。送って来た二万円だって、まともに働いて稼いだ金のわけありません。いいとこパチンコで勝ったか、拾った財布に入っていたか、下手したら、酔っ払って寝ているサラリーマンのポケットでも漁《あさ》ったのかも知れないわ。もうそういうこと気にしていたら頭がおかしくなりそうなんで、気にしないことにしているんです。とにかく、こんな馬鹿なことにこれ以上、小鞠を巻き込まないで欲しいわ。小鞠は現金なんて持ってません。そのこと、園長先生から警察の人に言ってください。あたし、なんとか仕事を切り上げて、今からそっちに向かいますから」

携帯をしまい、俺は両津と篠崎の顔を交互に見て、言った。

「小鞠ちゃんのお母さんでした。篠崎さん、あなたが送ったお金、もともと小鞠ちゃんのお母さんにあなたが借りているお金の返済分なんだそうですね、小鞠ちゃんへのお小遣いなんかではなくて。でもお母さんは、あなたの顔をたて、あなたから返して貰ったお金の一部で、小鞠ちゃんにプレゼントを買って、あなたからだと言って渡したそうですよ。いずれにしても、小鞠ちゃんは現金は持っていないそうです。どうしますか、篠崎さん。四百円、小鞠ちゃんに弁済させるのは無理みたいですよ」

「ふん、だったらもうこの話はここまでだな」

両津勘吉が、にたり、と笑った。

「篠崎のとっちゃんよ、あんたももう、きちんと年貢を納める時だってこった。わざわざ孫娘まで呼びつけて茶番につきあってやったが、あんたの為には、ちょっとの間でも臭い飯を食って、それで骨身に染みて反省して出直す方がいいんだよ。確かにあんたのしたことは、ケチな悪さだ。四百円ばっかりの無銭飲食なんざ、見逃してやれって言われればわしは見逃すよ。だけどな、あんたはそうやって、他人の情けばっかりにすがって生きて来たから、三歳の孫から四百円借りないとならないような人生をおくってるんだよ。食い逃げだけじゃねえぞ、あんたが口から出任せで、疑うことを知らない年寄りから電車賃せしめたり、ガキのお年玉までまきあげてるってのは、耳に入ってるんだ。しかもあんた、大家がボケたのをいいことに、家賃はいらない、って書いた契約書にハンコつかせちまったとかって噂もあるじゃないか。あんたのやることは、段々タチが悪くなってる。このへんで自分にお灸《きゅう》をすえとかねえと、そのうち、自分でも驚くような悪さをしでかすはめになるかも知れないぜ。な、篠崎、おとなしく逮捕されろ。それでな、残りの人生、立て直すんだ。な」

突然、篠崎が泣き出した。恥も外聞も関係なく、おんおんと泣いている。

「いやだよぉ、この歳で刑務所は嫌だあ、なんとかしてくれよお、四百円、誰か貸してくれよぉぉぉぉ」

「じいちゃん、いじめたらだめっ」

小鞠が両津に飛びかかり、その膝を小さな拳で叩き始めた。

「小鞠のじいちゃんを泣かすなんて、悪いやつ、悪いやつ！」

くるっと後ろを向き、俺の顔を見る。小鞠の目には涙が溢《あふ》れていた。

「園長センセっ、じいちゃんを助けてっ。じいちゃんを助けてよう！」

俺は絶句していた。四百円をたてかえるのは簡単だ。だが両津勘吉の言うことは正しいのだ。今ここで、俺が四百円を出してしまえば、篠崎は近いうちにまた、警察のごやっかいになるだろう。そして両津が言うとおり、このままエスカレートして行けば、いつかは、とんでもないトラブルに巻き込まれることになる。寸借詐欺なんてことを始めているのならなおさらだ。被害者がおとなしい人間だとばかりは限らないのだ、報復として命をとられる危険だってある。

どうしたらいい？

いったい、どうしたらいいんだ……。

「あ、こんなチラシがある」

場の雰囲気をまったく無視して、秋本麗子が突然、言った。

「両ちゃん、今日のお昼、これにしない？　両ちゃんだったら絶対、優勝するわよ」

俺は麗子が手にしているチラシを見た。

特製激辛蕎麦早食い競争！

飛び入り歓迎、優勝者には一年間、かけ蕎麦無料パスポート進呈、金一万円也も贈呈！

特製激辛蕎麦……いったいどんなもんなんだ？

「ほら、優勝したら一万円も貰えるって。そうだ篠崎さん、あなたこれ、出なさいよ。勝てば四百円返せるわよ」

「なんだこりゃ」

両津はチラシを見て顔をしかめた。

「たぬき庵《あん》の激辛蕎麦って、ありゃ、唐芥子《とうがらし》を練り込んだ真っ赤なやつじゃねえか。たぬき庵のオヤジが自慢の新製品だって言うんで食べてみたんだが、あんまりまずくて思わず吐き出しちまったんだぜ。あのオヤジ、激辛蕎麦があんまり不評なんで、ついにこんなこと思いついたのかよ……しかし一年間かけ蕎麦無料、ってのは、魅力だな。優勝すれば一年間、昼飯代が浮くぞ」

両津はぶつぶつと頭をかきながら口の中で何か言っていたが、不意に篠崎の方に顔を向けた。

「そうだ、麗子の言う通りだ。おまえ、これに出ろ。わしも出る。優勝すれば賞金で弁済して自由の身だ。しかしわしに勝たないと優勝はできんぞ。言っておくがな、金がかかった時の両津勘吉様の胃袋は、そんじょそこらのやわな胃袋とはわけが違うからな。あんたにわしを負かすだけの根性があれば、なんとか自分で立ち直って人生やっていかれるだろう。でもわしに負けたら金は入らないんだから、諦《あきら》めて刑務所に入って出直すんだ。どうだ？」

篠崎は、前よりもっと大きな声でおんおんと泣き始めた。

「俺は胃が弱いんだよぉぉぉお。激辛蕎麦なんか食べたら、胃に穴が開いて死んじまうよおぉぉぉぉお」

「そうか、だったらおい、おまえ」

両津勘吉の指が、まっすぐに小鞠を指す。

「じいちゃんを助けたいなら、おまえが出ろ」

そんな無茶苦茶なっ。

「いいか、小鞠。人生ってのは厳しいもんなんだ、三歳だからってその厳しさから逃げられると思ったらいけない。だめなじいちゃんを助けたいなら、他人に頼らず、自分で勝負せい！」

両ちゃん！これはどうかしら
えっ？
優勝一万円!!
たぬき庵特製
激辛蕎麦早食い
優勝賞品
一年間蕎麦無料
金一万円贈呈

「ちょっと、ちょっとちょっと待ってくださいっ」

俺は両津の指先を摑んで自分の胸に向けた。

「三歳の子に激辛蕎麦なんか食べさせたら、病気になりますよっ」

「そうか」

「そうです」

「わかった。だったら園長、あんたが出ろ」

「は？」

「あんたは保育園の園長で、子供の健康を守りたい、そうだな？　それならあんたが、篠崎の代わりに勝負するんだ、わしと」

「ど、どうしてそうなるんですか」

「どうしてでもこうしてでもいいっ。あんたが見事わしに勝ったら、篠崎は刑務所に行かなくて済むんだ。小鞠はあんたに、じいちゃんを助けてと頼んだんだ。そうだろう？　だったら助けてやれ」

両津は、篠崎の顔に自分の顔をぐいと近づけた。

「いいか、とっちゃん、ここにいるこの、赤の他人が、今からあんたの為にわしと勝負する。それをよっく、その目を開けてよーく見てるんだ。いいな！」

3

ここに至っても俺はまだ、展開の速さについていけず、どうして自分がこんなことをしなくてはならないのか、今ひとつ理解していない。

亀有公園前派出所で、まるで仕組んであったかのようなタイミングで（もしかすると、ほんとに仕組まれていたのかも知れない。なぜなら、麗子は、事が決まった直後、中川とハイタッチを交わしていたのである！）不穏なチラシを見せられてから一時間後、俺は、たぬき庵の店内で、俺と両津勘吉の他に五人の挑戦者と並んで座っていた。

時刻はまだ午前十時、普通の味でも蕎麦を食うには少し早い。が、これから出て来るのは普通の味の蕎麦ではなく、両津勘吉にしてまずくて吐き出した、というほどおそろしい、唐芥子が練り込まれた激辛蕎麦なのである。たぬき庵の通常の開店時刻は午前十一時、つまりまだ開店前だ。店内には、無謀な挑戦をする七人とその関係者、応援団総計二十数人が詰込まれていた。そしてその中に、小鞠を膝にのせた母親や、おろおろした顔で店内を見回している篠崎の姿もある。

やがて、厨房《ちゅうぼう》の方からアヤシイ香りが漂って来た。これは、思いっきり唐芥子の香りだ。しかもどうやらニンニクも入っている。なんで唐芥子とニンニクを蕎麦に入れるんだ、そういうことはラーメンでやってくれ!

しずしずと盆に載せられて、問題の蕎麦が運ばれて来る。

丼《どんぶり》がでかいっ。

早食い競争のはずなのに、これではフードバトルではないかっ。

しかも、赤いっ。

汁も赤い。麺《めん》も赤い。これが唐芥子の赤さではなくてトマトだと言うのなら、粉チーズを振ればうまいかも知れない。が、思わずむせてしまうくらいはっきりと、それは唐芥子の赤さであった。

やばい。これはやばい。どう見ても、人間の食い物ではない。こんな蕎麦を金をとって売ろうとした、たぬき庵のオヤジも、きっと人間ではないに違いない。


「ルールは簡単」

たぬき庵のオヤジの妻、おばちゃんが宣言した。

「いっとう早く食べたもんの勝ち。水はそこにあるコップ一杯だけ。汁も一滴残らず飲み干すこと。レディ？」

いきなりかい。俺は箸《はし》を持つ。唐芥子の匂《にお》いでもう気絶しそうだ。

「ゴー！」

掛け声と共に、挑戦者たちは丼に顔を突っ込んだ。途端に、ぐえっ、ぎょえっ、うぐっ、ごふっ、と声にならない声が彼らの鼻から漏れて出た。俺は用心して、とにかく一本、蕎麦をつまんで口に入れた。


かっれーぇぇぇぇぇぇぇぇぇぇ！！！！！！！


冗談じゃない、こんなもん食べたら病院行きだ。帰ろう。

立ち上がろうとした俺の目に、母親の膝に抱かれた小鞠の顔がうつった。

「園長センセイ、がんばれっ」

小鞠は嬉《うれ》しそうに叫んだ。

「がんばれ、がんばれっ。じいちゃんをたすけてがんばれっ」

俺のからだが一瞬、固まった。それから、俺は腰を落とし、コップの水を一口飲んだ。

両津勘吉を見た。なんと、両津は、猛然と麺をすすっている。

篠崎を見た。俺の顔を、とても不思議な表情で真剣に見つめている。

他の挑戦者たちも再び、おえっ、ぐぼっ、どへっ、と漏らしながら麺に箸をつっこんでいた。

ここは勝負の場なのだ。そして俺は、成り行きとはいえ、勝負を受けた。受けた以上はベストを尽くす。それが男だ。勝ち負けじゃない。逃げない投げない諦めない、それがすべてだ。

俺は深呼吸し、丼に箸を突き立てた。

見ていろ篠崎、そこでしっかり見てるんだ。あんたの人生は逃げ続けた負け犬の人生だった。俺だって、いろんな意味で負け犬だ。だが今ここで、俺は逃げない。赤の他人のあんたの為に、胃袋に穴が開いてもこの激辛蕎麦を食い尽くす。

負けてたまるか。俺は男だ。柔道一直線！　なんで柔道なんだ、どうでもいい、とにかく食う。俺は食う。

食ってやる！

ぐぇっ！

ぎょえっ！

うぐっ！

ごふっ！

おえっ！

ぐぼっ！

どへっ！

ぐわわわわわわわっ！！！！！

たぶん、俺は意識を失いつつあったんだと思う。目の前がぼやけて、キーン、と耳鳴りがしていた。味のことを考えたら絶対に箸が止まる、だから、何かを食べている、ということすら忘れようとしていた。ただ機械的に麺をすすり、汁をすする。はなみずと涙がとめどなく流れて、口に入るのが心地良かった。少しでも辛さがやわらぐような気がしたのだ。辛さ、いや、もう辛いなんてことはとっくに通り越して、激痛、と言っていい感覚だった。焼けた鉄ゴテを喉《のど》や胸や腹に押し付けられている、そんな感じ。苦痛が頂点に達すると、どこかそれは、快感に似る、ということを初めて知った。俺にもマゾの素質があるんだろうか。なんでもいいが、いっそ早く気絶したい、そう思いながら、俺は丼を両手で高く持ち上げ、底に残った汁を一気に喉に流し込んでいた。

視界の片隅で、隣りの挑戦者が気絶して倒れ込むのが見え、その向こうに、両津の毛深い腕が、俺と同じように最後のひとすすりのため、丼を支えているのが見えた。くそっ、どこまでも頑丈な奴。

俺は肺活量の限界まで汁をすすり、そのまま丼を頭上にさしあげて怒鳴った。

「ごちそうさまぁぁぁぁぁぁぁぁっ！」

ピーッ

たぬき庵のおばちゃんが笛を吹いた。

「勝負あった！　にこにこ園園長、花咲慎一郎の勝ちぃっ！」

その瞬間、俺の視界は真っ白になり、それから、ブラックアウトした。

*

「あんたならやると思ってたよ」

両津勘吉は、派出所の仮眠部屋で横になっている俺の顔を覗《のぞ》き込み、にんまりと笑った。

「けどな、最後のひとすすりはわしの方が早かったんだぞ。あんたも丼をかかげたのが見えたんで、飲み干すのを一呼吸だけ遅らせてやったんだ」

それは負け惜しみではなかった。確かに俺も、それを感じたのだ、あの時。両津の毛深い腕は、ほんの二秒、不自然に止まっていた。

「……俺が勝って良かったんですか。篠崎さん、反省してくれるんでしょうか」

「さあ、わからんな。ああいう人間は、自分の力だけじゃ、なかなか立ち直れない。けどな、あのとっちゃん、あんたのことをものすごく真剣な顔で見てたよ。たぶん篠崎にしてみたら、赤の他人が自分の為にあそこまでしてくれるなんて、初めての体験だったんだろう」

「篠崎さんの為にしたんじゃないです。小鞠ちゃんの為に、したことです」

「わかってるよ。篠崎だってわかってる。それでも、あの顔は、何かを感じた顔だった。少なくとも、わしはそう思いたい」

「そうですね。……そう思いたいです」

「わしが勝って刑務所に入ってた方が、あのとっちゃんの為にはよかったかも知れない。でもあんたが真面目《まじめ》にあんなクソまずいもんを必死で食べ始めた時、わしは、あんたに賭《か》けてみようと思ったんだ。あんたみたいなバカな男が、まだわしの他にもいたんだな、と思って、嬉しくなってな」

褒め言葉ととっておくことにしよう。俺は、つながった眉毛の濃い顔を見上げ、なんとなくほんわかとした気分にひたっていた。

が、両津勘吉はやはり、両津勘吉であった。

彼は言った。

「それで、あのかけ蕎麦一年間無料パスポートだけどな、あれ、新宿にいるあんたが貰っても役に立たないだろうから、わしが貰っておいたぞ。それから賞金のお釣り、九千六百円は、篠崎がやった他の食い逃げの弁済に当てることにして、わしが預かることにする」

繋がった眉毛の下の目が、わずかに泳ぐ。

俺は確信した。九千六百円は、両津勘吉への寄付となったのだ。

急に、無理をした胃がひりひりと痛み始めた。俺はよろよろと立ち上がった。

「おい、無理するな、なんなら泊まってけ。わしの部屋に来ないか、作りかけのプラモがたくさんあって楽しいぞ。おっともう三時前か。どうりで腹が減ったと思った。おやつの時間じゃないか。あんな蕎麦一杯じゃ、昼飯には少な過ぎるしな、そうだ、パスポートは今日から有効だから、これからたぬき庵に行ってかけ蕎麦食おう。あんたもつきあえ」

やっぱり伝説は本当だった。両津勘吉は両津勘吉で、ちゃんと警視庁の警察官として実在していたのである。そしてその破壊力もまた、真実であった。

俺は、喜んで敗北を認めよう。俺のキャラと体力で勝てる相手ではない。

両津勘吉、あんたは警視庁一の、名（物）警官だ。

ぬらりひょんの褌《ふんどし》

京極夏彦

画図《がず》百《ひゃっき》　鬼夜行《やこう》／前編《ぜんぺん》・風《かぜ》　鳥山石燕《とりやませきえん》／安永五年

○ぬらりひよん
まだ宵の口の燈影に
ぬらりひよんと訪問する
怪物の親玉

——妖怪畫《ようかいが》談全集《だんぜんしゅう》・日本篇《にほんへん》／上
藤澤衛彦《ふじさわもりひこ》／昭和四年

1

新葛飾署《かつしかしょ》の大原大次郎《おおはらだいじろう》が部下の寺井洋一《てらいよういち》を伴《ともな》って中野《なかの》の街を訪れたのは、歳《とし》の暮れも近い或《あ》る寒い日のことであった。

街は既《すで》にクリスマス気分に充《み》ち満《み》ちている。行き交《か》う人々も、何処《どこ》か浮き足立って見えた。

——いや。

浮いているのは自分達の方だ。

と——云《い》うより、浮いているのは自分だけかもしれないと大原は思う。

いやいや明らかに浮いている。と、云うより大原は先《ま》ず、浮かれていない。

いつの頃《ころ》からなのだろう、年末というヤツが若者達の季節になってしまったのは。

昔はこんなじゃなかったと、大原はしみじみ思う。

その昔、師走《しわす》は大人の季節だった。

あの、歳末の持つ独特の緊張感や焦燥《しょうそう》感は、少なくとも臀《しり》の青い若造どもに醸《かも》し出せる類《たぐ》いのものではなかった筈《はず》だ。

やがて訪れる新たなる年を、しめやかに、そして厳《おごそ》かに迎えるために、大人達は忙《せわ》しなく走り回っていたのだ。

——それがどうだ。

昔だってクリスマスソングくらいは街に流れていた。モールだの星だの、がしゃがしゃとした飾り付けだってなされていたのだ。でも、ここまで軽薄ではなかったと大原は思う。

大原は大体、あの、カウントダウンと云う風習が気に入らないのである。ピンと張り詰めた閑寂の中に朗々と響き渡る除夜の鐘——。

それこそが日本の正月だ。

いや、無礼講もいいだろう。若い者が馬鹿騒ぎすること自体は構わない。構わないのだが、

「何がすりいつうわんだッ！」

「ど、どうしたんですよ部長」

寺井が丸眼鏡《メガネ》の縁《ふち》を抓《つま》み、怪訝《けげん》そうな表情で大原の顔を覗《のぞ》き込んでいた。何度見ても凡庸《ぼんよう》な面構《つらがま》えだ。

「どうもせん。お前こそ何だ」

「何って、ぶつぶつ云い乍《なが》ら歩くの止《や》めてくださいよ。恥ずかしいす」

「わ、私は何も云ってない。それより何なんだこの街は。此処《ここ》は、アレだ、こないだ行ったアキバと違うのか？」

「何を云ってるんですよ。中野ですって。今度の非番に中野に行くから案内しろと云ったの部長じゃないですか。此処は中野ですよ中野。中野ブロードウェイですよ」

「いや、判《わか》ってるが」

連呼されなくても承知している。だが、大原の知る中野は、少なくともこんなガチャガチャした街じゃなかった筈《はず》だ。もっと地味な処《ところ》だった。

「こんなだったかなあ」

「いつの話です？」

「いや、あれは——そうだなあ。私がまだ警察官になる前だから、昭和三十九年か、いや、もっと前だな」

「それ、すッごい昔ですよ。しかしね部長、僕は常々思ってたんですがね、その、うちの署の連中、経歴と時代と年齢が微妙に合ってなくないすか？」

「お前もだ寺井」

だから瑣末《さまつ》なことには触れるなと大原は云った。

「兎《と》に角《かく》、此処は何もない、地味な駅前だったんだよ。まあ、新宿だってあんなじゃなかったけどな。新葛飾の署《うち》の周りはそんなに変わらないが、それにしたって何だか落ち着かない気がするがなあ」

「新葛飾署の建物自体は何度かとんでもない変わり方してますけどね」

「だから瑣末なことに触れるなって。それよりナンだ、この商店街は、二階があるのかね？」

「二階っつうか、四階までありますよ。サンモールの商店街から繋《つな》がっちゃあいますけど、既にビルの中ですからね、此処は。部長は古本屋さんに行くんでしょ？　ならこの上です」

寺井は迷いなくエスカレーターに乗った。大原も続く。

ついて行くしかない。

ほらあったでしょ古本屋と云って、寺井は奇妙な店舗を指差した。

「はぁ？　こ、これが古書店なのか？　そう云えば本が並んでいるが——おいこら、ちょっと待て。こりゃ全部漫画じゃないか」

「違うんですか？」

当たり前だと大原は怒鳴った。そして怒鳴った後に、より一層の疎外感を感じた。真横でイルミネーションがチカチカしていた所為《せい》もある。

「ど、どうして中野の古本屋と云っただけでこんなオソロシイ処に連れて来るんだよ寺井。お前、中野なら詳《くわ》しいとか云っていたじゃないか」

「詳しいですよ。僕はマイホームを探すためにですね、都内都下近県人外魔境と、大抵《たいてい》の街を行脚《あんぎゃ》してますからね。中央線沿線なんか、もう憧《あこが》れてましたから何度も来ましたよ。いいですか、中野で古本屋と云えば今や此処しかないんですよ」

「こ、こんな処じゃないよ私が行きたいのは。云ったじゃないか。私はな、探していた盆栽関係の稀覯本《きこうぼん》があると云う噂《うわさ》を小耳に挟《はさ》んだから」

「珍しいもんなら上にも店舗はありますよ。ホビーもフィギュアも」

「ひぎあ？」

何を云っているのか、まるで解《わか》らなかった。

云われるままに三階に昇ると、慥《たし》かに何やらごちゃごちゃとした玩具《おもちゃ》が並べられたショーウインドウが見えて来た。

「ち、違うって。わ、私はこんな、鉄人28号の玩具が欲しいのじゃないわ。って、これ鉄人——だよな？　少し違うかな」

「さあ。いや、鉄人ってことないですよ。ガンダムじゃないんですか。エヴァなのかな？　いや、こりゃ微妙に古いデザインですからね。何とかダーとか何とかガーとかいう奴《やつ》ですよきっと。僕はこっち方面のことは詳しく知りませんが。両津《りょうつ》さんなら知ってるんでしょうが——」

「そ」

その名を云うなと、大原は再び丸顔の部下を怒鳴りつけた。

両津。

両津勘吉《かんきち》——。

大原は、その名を聞くと胃がしくしくと痛くなるのである。

大原の知る限り、両津勘吉は警察史上最悪の警官——いや、戦後史上最低の日本国民——いやいや、地球史上最低最悪の人類と云ってもいいと思う。そこに関しては異論反論は全部却下だ。

そもそも検査をしてみたら縄文人だかゴリラだかの遺伝子が混じっていると
か云うような話も聞いた。
人間じゃないのだ、あれは。
いや、そうは云っても、両津は決して悪人ではないのだ。そこのところは大
原にも解っている。腐れ縁と云うか悪縁と云うか、付き合いもそれなりに長い
から、何かと恩情もかけているし、面倒もみている。或る意味で多才で、有能
な面を持っていることも承知している。
それでも大原は、あの繋がった太い眉毛《まゆげ》を目にすると——。
いや、目になんかせずとも脳裡《のうり》に思い浮かべただけで——。
我慢が出来なくなるのである。
欲深くてこすっ辛くて、スケールだけは大きいのに思慮が浅く、がさつで大《おお》
雑把《ざっぱ》なのにやたらと細かく、だらしがなくて怠け者のくせにしぶとくてマメで、
騒々しくて、乱暴で、凶暴で、非常識で、バカで、マヌケで、
「うがあああああッ」
「だから止めてくださいよ部長。何なんですよ。まあ、部長がヲタク的な環境
に馴染《なじ》まないのは知ってますけど、そんなに興奮せんでも」

「こ、興奮なんかしとらんわい。あのな寺井。私が行きたい本屋はだな、こう云う、そのロボット三等兵の人形とかがある店じゃないのんだッ」

「例《たと》えが更に古くなってる気がしますけどね。せめてマジンガーZくらいにしといてくださいよ。いやだなあ」

「うう。うるさい。Zでも何でもいいわ。私はな、アイツの匂《にお》いがするもんは皆キライなんだよ」

寺井は丸っこい眼《め》を細める。

「いやいやいや――お言葉を返すようですがね、部長。そんなこと云うならロボット三等兵こそ両さんの得意分野ですよ？」

「あ？」

「両さんなら、その辺もしっかりカバーしてる筈ですよ。ヴィンテージものの相場なんかにもかなり詳しいですから。ブリキのロボット三等兵とか、きっと持ってますよ両さん」

「そ、その名を云うなと」

云っておろうがあああああッ――と、大原は吠《ほ》えた。

立ち読みをしていた小太りの男が二人、眼を剝《む》いて大原を見ていた。

2

迷路のような建物の中で少し迷ってしまい、大原と寺井はビルの外に出るのに三十分もかかってしまった。

魔窟《まくつ》だ。大原はそう思った。

ショッピングモールから横道を抜けて大通りに出て、偶々《たまたま》見付けた古そうな構《かま》えの大判焼き屋で話を聞き、何とか目指す店の場所の当たりをつけることだけは出来た。

早稲田《わせだ》通り沿いに少し歩いた。

この辺りは、見覚《みおぼ》えこそないのだが、それ程違和感を感じない。どうやらあの魔窟のような場所は中野でも特殊なエリアだったのだ。そう大原は思い込むことにした。

「ほら。地味だろ。これが中野だ」

「別に地味でも派手でもないと思いますけどね。中野と云っても広いんですよ部長。駅だっていっぱいあるんですから。東中野駅の方が近かったんじゃないですか？」

「判らんから君を頼ったのだろう」

住所くらいは調べておいてくれないと僕だって判りませんよと、凡庸な部下は珍しく主張した。

「大体、駅降りてから部長はずっと変でしたよ。上の空なんだから」

「いや、だから——」

両津の香りがしたのだと答えた。

「何でそう嫌うのかなあ」

寺井は不思議そうにそう云うと、大原のことを横目で見て、

「逆に好きなんでしょう部長」

と続けた。

「何を？」

「いや、だから」

両さんを、と寺井は云った。

「は？」

「何だかんだ云って両さんを見捨てないじゃないですか、部長。面倒みるし後始末もするし。好きなんでしょ」

「好き？　私が？　両津を？　お前気は確かか。あのな、アイツは卒配《そつはい》されて来た日に拳銃《けんじゅう》乱射して始末書を書いた男だぞ。その後すぐに私はアレの身柄を任されて、その日のうちに大騒ぎだよ。以来もう何十年と大騒ぎなんだよ。騒ぎっ放しなんだよ。私の警察人生の大半はあの馬鹿の後始末に費やされているんだ。お前なんかに解るか」

解りますけどね、と云ってから寺井は、そこんとこ曲がってください、と指示した。

それなりに道は知っているようである。

「僕だって、もう四半世紀で利《き》かないワケですからねえ、あの人との付き合いは。でも、まあ迷惑だけど面白い人じゃないですか」

「あのな、お前みたいに家庭だけ平和なら世界が滅んでもいいと云うような極め付けの小市民には解らんことだ。警官は、別に面白くなくていいんだ」

大原は、心底《しんそこ》そう思っている。

大それたことをする必要はないのだ。地道に、生真面目《きまじめ》に、コツコツと不器用に、そして厳しく、時に温かく市民の安全を守る——それこそが正しい警官の姿だ。

大原が尊敬して止《や》まない先輩の警官は、まさにそう云う人だった。

それが。

それがどうだ。

「あ、あ、あの男は市民の安全を脅《おびや》かしてばかりいるじゃないか。悪気はないのかも知らんが、それだって公序良俗に反していることに違いはないわ。大体アイツは、いったい何回派出所を破壊したか。勤務先を頻繁に破壊する警官と云うのを残念乍《なが》ら私は他に知らん」

「正義感もあるでしょ、両さん」

「あるさ。あるからどうだと云うんだ。いくら正義感を持っていたって、ゴジラと人類は共存出来んのだ。常識的にも衛生的にも、あんなモノの生息を許すべきじゃない」

——待て。

大原は思い出す。

両津を大原に預けた人物と云うのは、他ならぬその先輩——大原が警察官の鑑《かがみ》として仰ぎ見る人物その人だったのであった。

——根気よく、愛情を持ってやらんと新人は育たん。

その人、岩田《いわた》先輩は嫌がる大原をそう諭《さと》した。

——大物になるかもしれんぞ。

そして先輩はそう結んだのだ。

「大物なあ」

大原は空を見上げる。そうなのかもしれないと、ふと思う。両津との良い想い出だって全くない訳じゃない。アイツは——。

そして大原は強く頭《かぶり》を振る。

両津へのほんの僅《わず》かな海容《かいよう》の心を、そして、敬愛する先輩の言葉を打ち消すために。

「お、大物だよ。大体あの男は卒配されるずっと前から私の前に現れて私を混乱させてたんだからな」

ああ、あの話、と寺井は笑った。

「笑っちゃいますよね」

「笑うなよ。あのな、一介の警察官がタイムスリップ出来ること自体、何だか冒瀆《ぼうとく》的だと思わんか」

「そう云えば両さん、若い頃の部長に会ったとか云ってましたけどねえ。嘘《うそ》でしょあれは」

――う。

嘘じゃないのだ、それが。

何だか知らないが大原には記憶がある。

両津が十九歳で新葛飾署に卒配されて来るずっと以前に、大原は中、、、年の両津に一度会っているのである。両津が三十を過ぎるまで、大原はそれが両津だったと気づいていなかったのだ。いや、縦《よ》んば気づいていたところで問い質《ただ》せはしなかっただろう。気がふれていると思われるだけである。

でも、その後両津は自《みずか》ら、つい、、、さっき昔の部長に会って来ましたよと、笑い乍ら云ったのだった。

「わ、私に会った後、アイツは江戸時代の佐渡《さど》で金を掘ってたらしい」

何でもアリだなあ、と寺井は笑った。

そして立ち止まり、周辺《あたり》を見回した。

「もう住宅街ですねぇ。こんなとこに本屋なんかあるのかなあ」

「おい、心細いことを云うなよ。古本屋なんてものは、昔っから人知れずひっそりとあるもんじゃないか」

小さな公園があった。古臭い地図が掲示してあったから、大原はそこで現在地と目的地を確認した。店の表記はなかったが、大判焼き屋で聞いた住所は近かった。少々歩き疲れた気がしたので缶コーヒーを二本買い、ベンチに腰掛けて少し休むことにした。

座るなり、寺井は紙袋から小箱を取り出して眺《なが》め始めた。

「何だそれは？　そう云えばお前、あの変な店で何か買ってたな。菓子か？」

「いやあ、フィギュアですよ」

それが解らない。

「フィギュアってのは人形ですよ人形。もう、このシリーズはうちの近所じゃ売ってないもんで。あと二つでコンプリートなんですよ」

「昆布？　その、やっぱりガンダモとかえぶぉとか云う」

——こいつも両津の仲間なのか。

大原が訝《いぶか》しそうな視線を送ると、寺井は妖怪ですよ妖怪、と答えた。

「妖怪？　妖怪って、その、お化けのことか？　お化けの人形なんかあるのか？」

「ええまあ、うちの下の子がね、結構好きなんですよ妖怪」

「好きって──お化けだろ？」

お化けですよと寺井は当たり前のように答えた。

「お化けってのは、気持ち悪いもんだろ。違うのか？」

「さあ。キモカワイイとか云うんですかね。僕は詳《くわ》しくないです」

お前が詳しいのはコスい住宅情報だけだからなと大原は毒突《どくづ》いた。

「あのね、千葉《ちば》の時空《じくう》ケ原《がはら》なんて云う気が遠くなるようなとこに住んでる部長なんかに云われたくないですよ。あ、畜生ォ、ぬらりひょんだ。ダブっちゃったよ」

「ぬ」

大原は寺井の腕を摑《つか》む。

「何ですよ」

「ぬ、なんだって」

「え？」

KAISENDO
全12種+1
妖怪シリーズ

「ぬ、何と云った？」

「ぬらりひょん、ですよ。知らないですか？　ほら、何か、悪い妖怪の総大将だってアニメのゲゲゲの鬼太郎《きたろう》で――」

「ちょっと貸せ」

大原は寺井の手からフィギュアを引《ひ》っ手繰《たく》った。

何ですよ欲しいんですかと寺井が云う。

「ほ、欲しいものか。こ、これがぬらりひょんなのか？　本当か？」

――コイツが。

「ぶ、部長。震えてますけど、もしかそれでフルコンプですか？」

「昆布など振らんッ。あ、あのな寺井、いや――」

云うべきなのか。

久し振りに中野を訪れ、そこでぬらりひょんに出会う――これは、偶然ではない。大原は何かを確信した。

「寺井。聞いてくれるか？」

「聞いてますけど」

「笑わないでくれよ」

「聞いてみなくちゃ判りませんよ」

「おい。真面目に聞いてくれ、と云う意味だよ。これから私が話すことは、私がずっと心の奥底に仕舞って来たことなんだ」

「おや。恋バナですか？」

「だから」

茶化すなよと云った。

「浮いた話なんかじゃないんだ」

おぞましい話だ。

「は？　勿体《もったい》つけるなあ。何ですよ」

「そ、そうだな、いや、何故《なぜ》ずっと仕舞っていたかと云うと、それは、余りにも常軌《じょうき》を逸《いっ》した体験だったからなんだ」

寺井は気怠《けだる》い表情を見せた。

「な、何だよ」

「だって、平素から充分に常軌は逸してますからね。今更何聞いたって、どうも思いませんよ」

「そう――だな」

云われてみればそうである。

大原の日常は、毎日毎日非日常的騒動のオンパレードなのだ。

でも、昔は違った。日常というのは常に平穏かつ凡庸であるべきで、だからこそ、そうした出来ごとは非日常的と称されるのだ。非日常が日常的に起きる日常と云うのはそれ自体非日常的でもう何が何だか解らない。

全部両津が悪い。大原はそう断じた。

その体験は、両津が大原の前に涌《わ》く前の出来ごとなのである。

「私はね、若い頃、ほんの一時、この中野で暮らしたことがあるのだ」

えええええええッと寺井は大声を上げた。

驚いている。

「ぶ、部長、こ、こんなアクセスの良い場所に住んでたんですかッ」

「そっちかよ。当時は別にどうでもない場所だったんだよ。それに、暮らしたと云ってもボロアパートだったし、一週間で出た。すぐに越したんだよ」

「勿体ないなあ。何でです？」

「妖怪が――出たんだよ」

そして大原は語り始めた。

3

大原は、寺井の云《い》う通り現在は千葉県人である。

今でこそ時空ヶ原に居を構えているが、その前は市川《いちかわ》に住んでいた。

だが、生まれたのは東京都大田《おおた》区である。千葉に移り住む前、大原大次郎は東京人であったのだ。

しかし大原自身の東京での想い出は乏《とぼ》しいものである。

厳しい生活――大原の東京での暮らしはそのひと言に尽きる。

物心がついた時分、この国は既に、戦争と云う暗黒の時代に突入していたのだった。

大原は少年時代を疎《そ》開先《かいさき》で過ごしている。田舎《いなか》には野も山も川もあった。序《つい》でに家も食料もあった。

ところが。

敗戦後に戻った東京は、一面焼け野原だった。

家も喰《く》うものも、何もなかった。

でも、生活こそ厳しかったが、辛《つら》い想い出と云うのは殆《ほとん》どない。

過酷な状況下ではあったけれど人の情は厚く、家族の結束は固かった。

戦火を潜り復員した父も、銃後家族を守り抜いた母も、実に能《よ》く働いた。それ程齢《とし》の違わない兄は、進学を希望する弟の前途を真剣に案じ、大次郎の負担を少しでも軽くするために家事に雑事に奔走《ほんそう》してくれた。掘っ立て小屋のようなバラック住まいではあったのだが、青年になろうとしていた大原大次郎の生活は充実していたのである。

家族の愛情と期待に応《こた》えるべく、大原は必死で勉学に励《はげ》んだ。

大原の大田区での想い出は、だから藁半紙《わらばんし》に書かれた読めぬ程に細かい文字の連なりだけである。

当時は紙さえも貴重品だったのだ。

やがて社会は高度経済成長期に向けて動き出し、大原家の暮らし向きも安定し始めた。大次郎も刻苦勉励《こっくべんれい》の甲斐《かい》あって大学に合格した。

その頃のことである。

「私はね、大学入学を契機《きっかけ》に独り暮らしを始めようと——まあ、こう考えた訳だよ。勿論《もちろん》、家計の負担になってはいけないから、何もかも自分で賄《まかな》うことを前提にしてね」

羽根を伸ばしたかったんですかと寺井が問う。

違う違うと大原は首を横に振った。

「家が狭かった。兄も適齢期だったしね、まあ、当時は結婚しても同居が普通だ。ま、そうなれば私は邪魔だな。それに私のような境遇で大学進学など、本来は贅沢《ぜいたく》だからね、自分の食い扶持《ぶち》くらいは自分で稼ごう、いや、多少なりとも家に金を入れようとね」

真面目だなあ部長は——と、寺井は呆《あき》れたように云った。

「脛齧《すねかじ》りに甘んじるのが厭《いや》だったんですね？」

「厭とか何とか云う前にそうした発想がなかったんだよ。でも、そう簡単なものじゃないさ。アルバイトもままならなかったし、安い下宿も見つからなくてね。それで探し当てたのが」

中野の安アパートだった。誰《だれ》の斡旋《あっせん》だったか、その辺のことはまるで覚えていないが、敷金も礼金も不要、月々の家賃も驚く程安かったと思う。

驚く程ってどのくらいですと寺井が尋《き》く。

「もんの凄《すご》く興味あります」

「家賃が幾価《いくら》だったかとか、そう云うことは全部忘れた。それよりも、今じゃ場所さえはっきり覚えてない。すぐ傍《そば》に川が流れていて——神田川《かんだがわ》なのかなあれは。間取りや何かは能《よ》く覚えているけどな。二階建てで、六世帯だったかな。私は一階の、真ん中の部屋だった」

角部屋じゃないんだあ、と寺井はつまらなさそうに云った。

「角も何も、陽《ひ》当たりなんかなしだ。便所も炊事場《すいじば》も共同で、勿論風呂《ふろ》なんかないわ。銭湯だ。そう云う時代だったんだから仕様がないだろ」

「陽も当たらないんですか？」

「当たらないよ。川っ縁《べ》りで、窓を開けるとすぐ塀なんだよ。窓は殆《ほとん》ど塞《ふさ》がってる。板塀の向こうは川だ、川。でも安かったんだよ。格安だ。で、私はそこに越した」

ま、待って下さいよォ、と素《す》っ頓狂《とんきょう》な声で云ってから、寺井は何故か口角を下げ、三白眼になって大原を見据《みす》えた。

「なんちゅう声を出すか」

「そりゃ出しますよ。僕《ぼか》ァ不動産物件には一家言あるんです。それ、まあ、今じゃ考えられないようなカスな物件ですが、大昔ならザラにある物件だった訳ですよね？」

「大昔じゃないわ。でも、まあ他に比べて、驚く程酷《ひど》いと云うことはなかったが――」

騙《だま》されましたねええ、と寺井は地獄の亡者が唸《うな》るような声を出した。

「むうう、部長、不動産屋は信用しない方がいいのですよ、うけけけけ」

「何がうけけだ馬鹿者。そんな失礼なことを云ったら全国の不動産屋さんが怒るぞ。苦情の手紙が山と来るわい。お前の付き合ってる不動産屋がインチキなだけだろうが」

「それはそうなんですが、しかし、不自然に安い物件ってのはですね、曰《いわ》く付きなもんなんですよ。その、出るとか」

「出る？」

これですと云って、寺井は両手を前に垂らした。

「これ？　幽霊か？」

「ええ。出たんでしょ？」

「違うッ。幽霊なんか出ないよ」

出たのは妖怪だと怒鳴って、大原はフィギュアを部下の鼻先に突き出した。

「この箱に書いてあるじゃないか。妖怪だ妖怪」

「似たようなもんだと思いますけどね」

大原にも違いは能《よ》く解らない。解らないが、違うと思う。

「だって、これは妖怪なんだろうが。ええと、ほれ、妖怪ぬらりひょんと書いてあるぞ」

「いや、そうですけど。で、ぬらりひょん、なんですか？」

「そう、私の記憶が確かならぬらりひょんって名前だった。まあ、姿を見た訳じゃない。私は今日初めて、それがどんな姿なのか知った訳だがな――」

こんな顔だったのか。

後頭部が異様に長い、禿頭《とくとう》の老人である。和服を着てにやけている。

こいつが――。

その日――大原の引っ越しの日。

数名の友人が集《つど》い、大原の独立を祝う会を開こうと云う運びになったのだった。

「食材を持ち寄ってな、細《ささ》やかな宴《うたげ》を開こうと云うことになった。まあ引っ越しと云っても家財道具なんかはない。布団と卓袱台《ちゃぶだい》くらいのものだ。でね、まあ徳用の肉やら屑《くず》野菜やらを持ち寄ってだな」

慥《たし》か、五人集まった。

ところが、大事なものがなかったのである。

「七輪はあったんだが、鍋釜《なべかま》がなかったんだな。それじゃ煮炊きが出来ないだろ。で、まあ食材を部屋に置いて、ほら、ええと鍋屋《なべや》横丁か。あそこまで買い出しに行った訳だよ。全員で」

「鍋横に鍋買いに行ったんすか？」

鍋屋横丁は青梅《おうめ》街道沿いにある商店街である。名前に鍋はつくが、別に鍋だけを売っている場所ではない。

「まあ、鍋屋と云う名前は、あの辺一帯の地主だった茶屋の名称だったらしいがな、そんなことその当時は知らないから、鍋売ってるんだろうと思ったんだよ。でな」

買い物を含め往復一時間。

そんなものだったと思う。

一番安い鍋を買い、酒なども仕入れて、大原達はアパートに戻った。

「すると、中に――誰かいた」

「は？」

「だから、私の借りたばかりの部屋の中に――何者かが勝手に侵入していたんだよ。ドア越しに気配がしたんだ」

そう。

異様な気配とは、まさにあのことである。

どんな気配です、と寺井が尋いた。

「だから不吉な気配だよ。いや、実際に気持ち悪い音も聞こえていたんだと思うな。何ともその――」

不気味な物音だった。

「鍵《かぎ》は掛かんなかった訳ですか？」

「馬鹿を云え。当時だって鍵くらいはあったよ。ちゃんと掛けて行ったさ。何しろ大事な食材を置いて行ったんだからな」

「じゃあピッキング？」

違う。

「鍵は開いてなかった」

「開けて入って中からまた掛けたんじゃないですか？」

それも違う。

「鍵はな、外からしか掛けられんのだよ。中からは閂《かんぬき》を掛ける仕組みになっていた。閂が掛かっていたのなら外からは開けられん筈だ。私達はちゃんと外から開けたんだ」

つまり、鍵は大原自身が掛けたまま、だったのである。

「でも中に人が？」

「そうなんだ。一人がな、泥棒だ、と叫んで、何度かドアをがちゃがちゃやって、それでも開かなかったから、私が鍵を開けたんだ」

開けた途端に――。

まず感じたのは臭気だった。

「臭《くさ》かったんですか？」

「まあね、何かこう、むんむんとした獣《けもの》の匂《にお》いと云うかドブの匂いと云うか」

うえぇ、と寺井はえずいた。

「夏場ですか？」

「いや、夏じゃあなかったよ。もう肌寒かった。いや、違うな。越したのは冬だ。丁度《ちょうど》今ぐらいだよ。鍋物をしようと思っていたんだからな」

「それで、むんむん、ですか？」

「ああ。で——」

誰も居なかった。

「気の所為《せい》？」

「いや。そうじゃない」

慥《たし》かに誰もいなかった。いなかったのだが——部屋の中にあった食材は粗方《あらかた》喰い荒らされていたのであった。

「食べられちゃったんですか？」

そう。

まるで飢えた犬が喰い散らかしたかのように。

「綺麗《きれい》に喰われてた」

「泥棒、と云うより不法侵入者？」

「人間じゃなかろう」

「へ？」

「まあ、練り物なんかはそのままでも喰えるが、生肉は喰わんだろ普通。人間ならな。一方で獣だとすると、生野菜はあまり喰わんわな。まあ、喰ったとしたって齧《かじ》りはするだろうが喰い尽したりはせんだろう。だが、それ以前に」

「そ、そうか、み、み」

寺井はそう云って、押し黙ってしまった。

そう。

密室なのだ。

あの部屋は密室だったのだ。

「ま、窓は」

「窓は開いていたよ。肉があったからな、寒い時期とは云え、室温を気にしたんだ。だが――さっきも云った通り、窓の四分の三は、板塀で塞《ふさ》がれていたのだ。隙間《すきま》は二十センチくらいしかない。大人が通れる幅はないのさ。しかも塀と建物の距離は僅《わず》か五センチか六センチだ。更に塀の外はストンと下がっていて、下は川だぞ」

川から石垣を這《は》い登り、そのまま塀を越えて二十センチの隙間から蛇のように潜《もぐ》り込まなければ、侵入は無理なのである。

「真ん中の部屋だからな。しかも二階家だから天井裏はない」

侵入者は、霧のように忍び込み煙のように消えたことになる。

「大騒ぎになってな、宴会は中止だよ。食材買い直すのも勿体《もったい》ないからな。まあ、それで済めば良かったんだが——」

翌日学校から戻ってみると、晩飯のおかずにしようと思っていた鯵《あじ》の干物がすっかり喰われていた。飯を炊いても、目を離すと喰われた。

部屋は常に、匂っていた。

「四日目になると流石《さすが》に気味が悪くなってね。大家に相談したりもしてみたのだが、信じちゃあ貰《もら》えなかった。まあそうだろう。自分でも信じられなかったからな」

五日目。

大原は罠《わな》を仕掛けた。

わざと喰いものを卓袱台の上に出し放しにして、廊下で様子を窺《うかが》ったのである。だが、待っていると何も起きなかった。

「廊下は冷えてなあ。尾籠《びろう》な話だが私は小用をもよおしてしまった」

「オシッコですね」

「いちいち云い直すなよ。で、私は厠《かわや》に行ったんだが、その最中に」

大原は突然、あの厭《いや》な気配を感じたのだった。

大原は用便後、手も洗わずに部屋へと取って返した。几帳《きちょう》面《めん》で知られる大原にとって、それは考えられぬ行為だった。それ程までに厭な予感であったということである。

廊下を駆けて、ドアノブに手を掛け、思いきり開けた。

「い、いたんですか？？」

「いなかったよ。でも置いておいた喰いものは半分程齧られていた」

「に、逃げた？」

「逃げたのなら——そいつは動物並みに優れた聴覚と反射神経と運動能力を持っていたと云うことになる。いや」

無理だ。

逃げ道がない。

「でも、幻でもなかった」

何者かは必ず存在した。消えてしまったのだとしても必ずいたのだ。

証拠が残っていた。

「証拠って？」

「褌《ふんどし》が——落ちていたのだよ」

フンドシィと云って、寺井は腰を浮かせた。

「フンドシって、あの、クラシックパンツのことですか？」

「妙な英訳をするな。そうだよ」

汚い、使い古しの褌だった。

しかもそれは、しとどに濡《ぬ》れていた。

「汚いなあ。部長」

「私のじゃないって。犯人のものさ。匂いが同じだったからな。いや、寧《むし》ろ逆だな。それまでの臭気も、その褌が発するニオイだったのだろうよ」

褌忘れて行きますかねえ——と云って寺井は考え込む。

「スカスカしちゃうよなあ。慌《あわ》てたにしても、姿が消せるならねえ」

「妖怪の事情なんか知らんよ」

「し、しかし部長、どうして、ぬらりひょん——なんです？」

「それはだな」

わしが云ったのだよん、とあらぬ方角から声が聞こえた。

4

　ばさり、と音を立てて隣のベンチから何かがむくりと起き上がった。

　数枚の古びた新聞紙が地面に落ちた。どうやら新聞紙を被《かぶ》って寝ていた者がいたらしかった。

「君は大ちゃんじゃな。いやはや奇遇じゃ。こんな処《ところ》で再会しようとは思わんかった。これも神様のお引き合わせじゃああ。むっふふふ」

　それはそう云った。

「だ、誰だあんた？」

「わし」

「わし？」

「やだなあ。わし」

「へ？　鷲《わし》？　和紙？」

「だから、わ・し」

丸い肉塊《にくかい》に黒い縦筋《たてすじ》が十数本。その不気味な肉質が蛇腹《じゃばら》のように縮んでにゅう、と眉毛《まゆげ》が八の字になった。

頭頂部から額《ひたい》にかけてすっかりつるっと禿《は》げ上がっているのに後頭部に僅《わず》かに残存する毛髪を伸ばして前に回し、前髪に見せかけるべく垂らしている。と云うより貼《は》り付けている。勿論、それも額を覆《おお》い隠す程の量はないから毛髪は幾筋かに振り分けられ、黒い縦筋となっているのである。簾《すだれ》のようだった。

小柄な、簾禿げのオヤジだ。

「だ、誰？」

「だからわ・し。いや、版元集英社《しゅうえいしゃ》だから出ない訳いかんかと思って」

「はあ？　こ、この人何を云ってるんです？」

寺井がパニックを起こして立ち上がった。

「それにね、この小説が書かれた二〇〇六年つうのは、丁度本邦の南極観測五十周年にも当たる年なんよ。いやあ、第一次南極越冬隊がかの地に分け入って、ピッタリ二十年後にこち亀が始まったんじゃねえ」

「だ、だから、何？　こ、こちか」

「云うな寺井。私らがそれを云っちゃいかん」

どうにもメタなチビ親爺《おやじ》は不細工な顔を大原にぐいと寄せた。

「これだけ云ったら判るでしょ。わしだって、大ちゃん。ほれ」

全く覚えがなかった。

「まったトボケちょるのう。集英社、南極と、ここまで云って判らんか」

「残念ですが」

「いけずじゃなあ。わしのペンネームを知らんのかのう。こう見えても七年くらい前まで文豪やっとったんよ。小説家じゃよ。南極《なんきょく》夏彦《なつひこ》って云うの。知ってるじゃろ？」

知らなかった。

寺井も首を振っている。

どうやら、コイツに関しては知らぬは大原ばかり——と云う訳ではなかったようだ。

「ううん、わしの作品は高尚《こうしょう》で難解な哲学的推理小説じゃから、知らんのかもしらんのう。いや、ほれ、わしはそのムジナ荘で君の部屋の真上に住まわっておった、山田じゃよ。ヤ・マ・ダ」

「山田?」

ああ山田さんッ、と大原は大きな声を出した。

寺井が狼狽《ろうばい》した。

「知ってる? ぶ、部長、ほ、ホームレスの人とお友達なんですか?」

「い、いや、その頃はホームレスの人ではなかったんだきっと。そう、まだ毛もあったし、いや、一度か二度会っただけだから、友達なんかじゃない」

「えー」

男——南極は下唇を突き出した。

「一度言葉を交わせば友達じゃ。それにな、わしはホームがレスなのではなくて、ホームに帰れないっうだけだからね。帰るとヨメに叩《たた》かれるんじゃ」

「ドメスティックバイオレンス?」

「英語は通じないからっ♪」

南極は楽しそうに跳ねた。

「ペンネームより本名の方が有名ぇな、わ・し」

別に有名じゃないと思うが。

「それより大ちゃん」

「い、いや、山田さん、いや南極さんか。あんた、能《よ》く私のことなんか覚えていましたね」

「忘れん忘れん。聞けばあんただって覚えておったのじゃろうが。あのぬらりひょん事件のことを」

「それは――」

あまりにも奇異な体験だったからである。

「わしだって同じじゃ。あんたの話を真に受けたのはあのアパートではわしだけだったんじゃよ？　忘れたの？　あんたその褌、引っ越す時にわしにくれたでしょ？」

そ――そうだった。捨てるに捨てられず、気持ち悪い上に臭かったから、こいつに押し付けたんだった。

「まァだ大事に持ってるわい♫」

「ま、まだ持ってる！」

大原は、心底呆れた。

「妖怪の褌なんて、珍しいからのう♬」

お宝じゃもんねえ、と云って、南極はぴょんぴょんと跳ねた。

「世界広しと雖《いえど》も、妖怪の褌を所持しておる人間はわしだけじゃ。洗濯もせずに、まあ偶《たま》に着用しておるくらいじゃよう」

「ちゃ、着用——」

きゃああと寺井が悲鳴を上げた。

「こ、この人がぬらりひょん」

「違うわいッ」

南極は、罅《ひび》が入って少しばかりフレームのひしゃげたクラシックな眼鏡《メガネ》を掛け直して、ぐいと寺井に醜《みにく》い顔を近付けた。

「あのね、君。わしはこう見えても下膨《しもぶく》れでしょ」

「ま、まあね」

「若い頃は、あの某少年警察官似と云われておったのよう。しかるに、ぬらりひょんってのは、頭が大きいのよね。後頭が長い、いわゆるエイリアン風フクスケ頭。下膨れに対して鉢が開いておるものさ。顔面の土台も目鼻の割り付けも、全然まるで似ておらんのさ」

大原は手にしたフィギュアを確認する。

慥《たし》かに頭がデカい。まあ禿げ具合なんかはいい勝負だが。

「大ちゃん。いや、大山くん」

「大原だが」

「お。そうじゃった、そうじゃった。大山は別の下宿におった九州出身の青年じゃった。ありゃ作者も雑誌も版元も別じゃ」

　懐かしいのうサルマタケなどと云って南極は眼を細めた。

　何を口走っているのかこいつ。

「まあいい」

「いいのか？」

「いいさ。大原君。わしは、まあ唾棄《だき》すべき日常の安寧《あんねい》から打ち出《い》でて、都内各所を非日常的に遍歴すると云う、文学的逍遥《しょうよう》を続けておった訳だが、偶々《たまたま》縁《ゆかり》の地、中野に於《お》て人生の哲理に就《つ》いて熟考を巡らせておる最中に、かの事件を語る君らと邂逅《かいこう》してしまった訳じゃな」

「つまり奥さんに家を追い出されてあっちこっちで野宿して、偶々そこのベンチで新聞被《かぶ》って惰眠貪《むさぼ》ってる途中に僕らの話を立ち聞きしちゃった、と云うことっすね？」

「違うよう。寝てたんだから、立ち聞きじゃないよう」

まあ。そうかもしらん。

大原は思い出した。

このちびっ子禿げは慥《たし》かにあのアパートの住人だった。

本人が云う通り、大原の部屋の真上に住んでいたのだ、こいつは。当時は浪人生だったか。学校に通っている様子はなかった。

ぬぅらぁりぃひょおんじゃあああああ——。

そうだ。この声だ。

「ああ、そう。そうだ、慥かにあなたがそう云ったんだ」

「だから云っておるじゃないの。わしが指摘したのじゃよ。まあ、世の中の連中は無知じゃからな。妖怪なんてもんにゃ理解がないわい。大原君が怪異に就いてどんだけ力説したって、誰も相手にせんかったじゃろ?」

そう。

大原の話をまともに聞いてくれる者は、ただの一人もいなかった。

或る者は鼻で嗤《わら》い、或る者は無視し、また或る者は——大原に対して、冷たい、軽蔑《けいべつ》の眼差《まなざ》しを向けたのだった。それまで真面目《まじめ》一辺倒を身上にコツコツ生きて来た大原大次郎にとって、そうした扱いは屈辱そのものだった。

嘘を吐《つ》いていないのに信用されない。常識を疑われる。人格まで疑われる。

そして蔑《さげす》まれ、排除される。

――恐怖だ。

そう、本当に恐ろしいのは、不可思議な現象それ自体ではない。

それを受け入れない社会だ。そして、非常識を受け入れてしまった個人がいとも簡単に排除されてしまうと云う、現実そのものなのだ。

大原は、怪異が起きたからアパートを出たのではない。その怪異を受け入れてしまった大原が、怪異を受け入れなかった住人達や大家に白眼視《はくがんし》されるという理不尽な状況が堪《たま》らなかったから、逃げ出したのだ。

――そう。

そして大原は学習した。

非常識なことは――矢張《やは》りあってはいけないのだ、と。

常識と云うのは条文化されない、暗黙の決まりごとなのである。決まりごとは守られるべきなのだ。

熟慮の末。大原は条文化された決まりごと、つまり法律を守る、そして市民の常識的な生活を保障する――警察官になったのだ。

今の今まで一度たりとも意識したことはなかったが、中野のぬらりひょん事件は、大原の人生に於《お》けるひとつの転機になっていたのだった。

――トラウマになった、と云うべきだろうか。

南極が云った。

「わしはな、大原君。あの時折良くも、風俗史学の泰斗《たいと》、藤澤衛彦《ふじさわもりひこ》先生の著作であるところの『妖怪畫談全集《ようかいがだんぜんしゅう》』日《に》本篇《ほんへん》上を熟読しとったのだよん。それはもう真剣に読んでいたのさ。忘れもしない二百九十一頁《ページ》に、その人形と同じ」

南極は里芋《さといも》のような指で示す。

「鳥山石燕《とりやませきえん》画伯描く処《ところ》のぬらりひょんの図版が掲載されておったのじゃい。解説はこうじゃった。『まだ宵《よい》の口の燈影にぬらりひょんと訪問する怪物の親玉』と――な」

凄い記憶力ですねえと寺井が呆れた。

「賢いからの。何たって、百回は読んだもの」

「ひゃ百回！」

本はその一冊しか持ってなかったのよん、と南極は羞《は》じらうように云った。

「く、繰り返し、その本だけ？」

「貰ったものじゃからな。大事に読んだのじゃ。娯楽も何もない時代じゃよ。仕方あるまい」

金がなかっただけだろうに。娯楽なんかなんぼでもあっただろと大原が云うと、南極は踊って誤魔化《ごまか》した。

「どうであれわしの記憶は明確じゃ」

「そんだけ読んでれば猿でも憶《おぼ》えますよ。で、その解説がどうだって云うんですよ」

「わしは、狼狽《ろうばい》する大原君の話を聞いてすぐにピンと来たのじゃよ。これは妖怪の親玉たるぬらりひょん様が、ぬらりのヒョンッとおいでになって、食べ物をお食べになられたのじゃ、となあ」

がっはっは、と南極は笑った。

「あまりピンと来ないですけどね」

寺井が云った。

「こっそり忍び込んで喰い散らかし煙のように消えるなんて、その解説から読み取ることは出来ないように思いますけど」

ぶわっかもおおん、と南極が怒鳴った。

「他にどう説明せえちゅうのんじゃ」

「いや、説明は出来ないですけども、その解説には精精《せいぜい》夕方に現れるよ、程度のことしか書いてないでしょ？」

「親玉じゃよ」

「ですから」

「怪物の親玉なんじゃよ？」

「だからそうかもしれないですが」

「じゃあ尋くがなあ。鍵の掛けられた密室に突如として出現し、生肉や屑《くず》野菜を大量にわしわし完食して、こぉんな狭い隙間からするっと逃げる、くっさい人間が存在するかね？」

しない。

そんなものは存在しないだろう。だからこそ若い大原は混乱し、戦慄《せんりつ》し、そして敗北したのだ。

「干物やら炊きたてご飯やらを恐ろしい勢いで盗み喰いし、出口のない部屋からくっさい褌だけを残して煙のように消えることの出来る人類が果たして存在するかねえええ？」

「でも、その何とか云う本にもそんなことは書いてなかったんでしょ？」

寺井は妙に落ち着いてしまった。相手がただのちびっ子禿げだと知るや、瞬時に見切ったのだろう。意外にこの凡庸《ぼんよう》な部下は肝の据《す》わった男なのかもしれない。

むふっふっふ、と南極は笑った。

「いや、書いてなくともあっておったんじゃ」

「は？」

「その後な、随分経《た》ってからな、かの水木《みずき》しげる大先生がお書きになられた日本の妖怪大図鑑を拝読致したらばじゃな――ほれ、『ゲゲゲの女房』でも人気爆発の水木先生じゃ」

「いや、水木しげるは知っておるが、『ゲゲゲ』は女房じゃなくて鬼太郎じゃないのか？」

「むっほほ、ま、知らんでも仕方がないかのう。この小説が書かれた時点ではまぁだ放送されてないんじゃねえ。ま、その水木大先生のご著書に拠《よ》れば、ぬらりひょんと云うのは妖怪の総大将で、夕方の忙しい時分に家に勝手に上がり込んでは、茶を飲んだりするぞとちゃあんと書いてあったわ」

わしの推理スゴイ、と南極は威張った。

「茶を飲むのじゃもの」

「はあ？ 茶ですか」

寺井は妙な顔をした。

「何か違うような気がするんですけどねえ、どう聞いても」

「どうして。茶、飲むよ」

「まあ、黙って茶は飲むのかもしれませんけど、ご飯や生肉や野菜は喰わんでしょ。別に出入り口のない部屋に出入り出来る訳じゃなさそうだし、褌ってのも関係ないように思うけどなあ。ねえ、部長」

「な、名前なんかはどうでもいいんだよ寺井ッ。兎《と》に角《かく》、私の体験したことだけは本当だ。あれは事実だったんだ。この南極さんの云う通り、何かが、人知を超えた不可思議な存在が密室に現れ、食材を食べて褌を残し消えた。それは紛れもない事実なんだよ寺井ッ。それが、例えばぬらりひょんだろうがひょっとこどんぶりだろうが、そんなことは構わないことなんだ。私は——」

大原がそう云った時である。

すっと、黒い影が差した。

5

顔を上げると、夕暮れの公園に長い影を率《ひ》いて、一人の老人が佇《たたず》んでいた。逆光で顔は能《よ》く見えなかったが、地味な和服姿で、杖《つえ》をついている。片手には紙袋を持っていた。

老人は見た目よりも確乎《しっか》りとした足取りで近付いて来た。

白髪頭の、痩《や》せた、乾いた老人だった。

大原も寺井も、そしてちびっ子禿げも押し黙ってしまった。妙に威圧感のある老人である。

「失礼しますよ。聞くとはなしに聞こえてしまったもので――」

老人は口を開くとそう云った。老人とは思えない程に能く通る、落ち着いた低音だった。

「あ、あなたは？」

「私はこの近くで長年古本屋を営《いとな》んでいる老い耄《ぼ》れです。いや、突然話しかけて怪しむなと申し上げても無理なことなのでしょうが——まあ怪しい者ではありませんよ。いや、実を申しますと、その事件に就いては少々心当たりがあるもので」

「ふ、古本屋さんですかぁ！」

寺井が大原の方を見た。

「古本屋さんって、奇遇ですよね」

大原は毅然《きぜん》として対峙《たいじ》する。

「で、ご老人。お心当たりとは？」

「はい。それは十五年前に取り壊されたムジナ荘でのお話ですね？」

そうじゃそうじゃあと南極が軽薄に騒いだ。

「ムジナ荘で起きたとびっきりの怪異じゃよ」

老人は片方の眉を吊《つ》り上げ、笑った。

「この世には不思議なことなど何もないのですよ、南極さん」

南極はひょう、と云って飛び退《の》いた。

「き、決めゼリフじゃ。版元や媒体を超えた決めゼリフじゃあ」

何を云ってるんですこの禿げ、と寺井が冷静なツッコミを入れる。

大原が前に出る。

「しかしご老人、私も常識を重んじる朴念仁《ぼくねんじん》として今までずっと生きて来た人間です。あなたの云うことは解る。ですが、これぱっかりは」

「しかしその部屋は」

厳密には密室でも何でもなかったのでしょう大原さん――と老人は云った。

「い、いや、その、だが鍵が、しかも窓もですね」

「窓には二十センチばかりの隙間が開いていたと仰《おっしゃ》いましたね」

「開いてましたが、人間は入れませんよ。どう考えても――」

無理じゃなあ、と南極が続けた。

「わしも検分したたっけね」

「子供なら――どうです？」

「子供ですか？　いや、まあ幼児なら通れないことも――」

いや、無理だ。

「隙間自体は通れるでしょうが、塀を登らなくちゃいけない。しかも塀の下は川ですから。川から」

「川から石垣を攀《よ》じ登り、そのまま塀を伝って窓に辿《たど》り着ける能力を持った児童がいたら、可能ですね？」

「それはそうですが」

いや。それでも無理だ。

「そんな怪物みたいな子供がいたとしたって、生肉や野菜を大量に喰う訳がないです。あの量じゃ大人だって喰えませんからね。しかも、動物並みに聴力が優れていて、反射神経も運動能力も超人的でないと、あんな真似《まね》は」

「食材を選ばず無調理で大量に食すことが出来、超人的な運動能力を兼ね備《そな》えた児童ならば、可能ですね？」

「それは、まあ」

――いや、それでもそんな。

「そんな非常識な子供はいませんよ」

そうですかね、と老人は云った。

「これは古い話ですが――その頃千住《せんじゅ》にお化け煙突と呼ばれた高い煙突がありましたね。東京電力の千住火力発電所の煙突です」

「ああ。慥《たし》か観《み》る場所によっては本数が違って見える――と云う、あの？」

記憶に依《よ》れば角度によって四本が三本、二本、一本と数を違えて見えるという不思議な——別に不思議ではないのだが——名物煙突ではなかったか。有名ではあったから知ってはいたが、大原は興味もなかったから注意して見たことはなかった。相当前に撤去されている筈だ。

そうですそうです、と——老人は懐かしそうに云った。

「あの煙突が取り壊しになる少し前のこと、八十三メートルもあるあの巨大な煙突に攀《よ》じ登って垂れ幕を下げた小学生——と云うのがおりましてね」

「煙突に？」

攀じ登った？

「ええ。豪《えら》く非常識な話ですから、ちょっとばかり話題になったのです。新聞にこそ載りませんでしたが、かなり評判になった。実を云えば私はその少年と云うのを事前に知っていたもので、煙突の一件も能《よ》く覚えているのですよ」

——そ、それって。

神田川を制覇しようという馬鹿なことを企《たくら》んでいた子供がいたのです、と老人は云った。

「制覇と云うと？」

「泳ぎ切る、ということなんでしょうかね。まあ隅田川や荒川《あらかわ》ならまだ解るけれども、神田上水《じょうすい》なんて泳ぎ切れるものじゃないでしょうが」

「あ——」

そ、それは。

「私の友人でムジナ荘の近くに住んでいた小説家がいましてね」

老人は懐かしむように遠くを見た。

「小説家？」

「わし？」

あなたではありませんよと老人は云った。

「まあ、その頃わしは向学心に燃えた苦学生じゃったからのう」

「学生だったのかあんた！」

「まあ、きっとそうだと思うよん」

「いい加減な人だな。で、ご老人、その小説家と云う人は——」

「ええ。不器用で屈折していて」

売れない小説家でしたよと云って、老人は眼を細めた。

身につまされるのうと南極は云った。

「その方が何か？」

「はい。もう先《せん》に死んでしまったのだけれども、その友人が、もう四十数年も前になりますか、神田上水で寒中水泳をしている少年、と云うのを発見したのです」

「あ、あんな川で？」

「あの川は浅いし、ドブのようになってる処もありますからね。まあ泳げませんよ。水の中を這うようになってしまう。どうしてもあの、ムジナ荘の辺りで止まってしまうのですね」

それはそうだろう。浅過ぎる。

「私は、話を聞いて見物に行ったんです。多少弥次馬《やじうま》な気分だったのでしょうね。行ってみたら、慥かに子供が海驢《あしか》の如《ごと》く、浅瀬でぴちぴち跳ねている。いや、何とも愉快な子供だったので、少し話をしました。何でも、賭《か》けに負けたから上流まで泳ぎ切らなくちゃいけない、これが出来なくちゃ男の沽券《こけん》に関《かか》わるんだと云ってましたが」

「ま、待ってください」

そ、その子供って。

「その子がね、その暫《しばら》く後にお化け煙突に登ったと云う訳です。私達にしてみれば、ああ、あの子供か——と云うようなものでね。元気が良いし、人並み外れた体力ですからね、末恐ろしい子供だと思ったものですが、しかし人間と云うのは解らないもので、その子は長じて警察官になったらしいのですよ。今は何処かの派出所に勤務しているそうですが」

「け、警察官ですかあ？」

寺井が素《す》ッ頓狂《とんきょう》な声を出した。

「はい。妙な縁と云うのはあるものですよ。私のもうひとりの古い友人が中川財閥の会長と懇意《こんい》にしていて——まあ、そいつも財閥の長なのですが、どうやら彼は中川家の跡取り息子の上司になっているらしい」

「中川ァ？」

部長、と寺井が大声を出した。

「そそそ、それって」

私は警察関係にも友人が多いんですよ、と老人は続けて云った。

「因果な性分です。今じゃ皆、結構偉くなっているんだけれども——」

老人は何人かの名前を挙げた。

誰も皆、警視庁や警察庁の幹部クラスの人間だった。

「聞けば――どうも、いまだに問題児のようですねえ、あの少年は」

「もももももんだいぢ」

大原は――。

痙攣《けいれん》した。

老人はにやりと笑った。

「浅瀬で胡簶《とど》みたいに腹這いになってる彼に、私はこう云ったのです。無謀なことをするのはいいけれど、寒中水泳は体力を消耗するから、きちんと食事だけは摂《と》りなさい、とね」

「そ、そんな非常識な」

「いや、なんせ十二月のことですからね、それだけでもう非常識です」

「ううう、じゃあ、あの」

「私が云うと、彼はこう快活に答えましたよ。丁度泳げなくなる辺りに食料補給所があるから平気だよおっちゃん、と」

「しょ、食料補給所ォ？」

「まあ、その後も何度か挑戦していたが――」

私が見た日から五日目くらいに姿が見えなくなったようです——と、老人は云った。

「完遂《かんすい》出来たのか諦めたのか、それは知りません」

「ご、御老人ッ」

大原は老人に縋《すが》った。

「そ、その子供の名前は」

「彼の名前ですか。それは」

か・ん・き・ち——。

と、南極が唄《うた》うように云った。

「ああん？」

厭《いや》ァな、そして嗅《か》ぎ慣れた香りが大原の鼻孔を掠《かす》めた。

南極が、あの褌を手に持って、くるくる回転していた。

「いやあ、もう何十年も持ってるっちゅうのに、今初めて気がついたわい。ほうれ、褌に名前が書いてあった。か・ん・き・ち。カンキチちゅう妖怪だったのかのう。おッかしいのう」

お。

「おかしくないわいッッッ」

大原は南極を思い切り蹴《け》った。

南極はボールのように弾んだ。

「うひい、久し振りじゃあ」

「なあにが久し振りかッ。今の話を聞いてなかったのかッ」

「真面目な話は二十秒と保《も》たなくて」

「ええい鬱陶《うっとう》しいッ」

大原は南極に駆け寄って再度蹴った。

禿げはボールのように飛んだ。

能《よ》く弾む。

「ゴム鞠《まり》の生まれ変わりかあんた。と、云うよりそんなくっさい褌を何十年も持ち歩いとんのかおのれはッ。でもって持ち歩いてて、今の今まで気がつかなんだのかいこのスダレ禿げッ」

部長やめてと云って寺井が興奮する大原を羽交《はが》い締めにした。

「この禿げ親爺は両さんじゃないですよう」

「お、おなじことだッ。そ、そうかわ、私の、私の人生は——」

あの男の所為《せい》で。

「く、悔しい。あいつが、両津がすべての――うがあああああ」

そう。

大原が最初から両津と普通に接することが出来なかったのは。

――ニオイだよ、ニオイ。

大原に深いトラウマを与えたぬらりひょん事件の時嗅いだのと、全く同じ匂いがしたのだ。両津に。

と、云うか。

これは、これは両津の体臭じゃないかッ。

褌のニオイと云うより。

両津のニオイだこりゃあ。

――そんな昔から嗅がされていたのかッ。

大原が警察官になったのも、鯔《とど》の詰まりはあれの所為《せい》だと云うのか。

それじゃあ大原の人生は――。

両津勘吉の掌《たなごころ》の上に乗っかっていたようなものではないか。

縁は異なものと謂《い》いますからねえと老人は云った。

「因《ちな》みに、ぬらりひょんは本来南極さんが仰《おっしゃ》ったような化け物じゃないんですよ。藤澤さんも、そして水木君も、石燕の絵や自分の描いた絵の状況説明を記しただけですからね」

老人はそう云ってから、そうそう、と思い出したように続けた。

「お探しの盆栽関係の稀覯本はまだ売れていませんよ、大原さん」

「え？　な、何故それを」

大原が問うと、老人は手にした紙袋を掲げて見せた。

「私も大判焼きを買いに行ったのですよ。あの本をご所望《しょもう》とは、中々《なかなか》目筋がいいですねえ、大原部長」

涸《か》れた老人は静かに笑った。

「お互い、非常識な友人を持つと苦労が多い。ごたごたに不本意に巻き込まれますからね。でも、老いてしまえば、凡《すべ》て良い想い出ですよ」

老人は穏やかにそう云って、私の店はあの坂の上です、と指差した。

その指の先に視線を投じると——。

どこまでもだらだらと続く、細い坂道が見えた。

決闘、二対三！の巻

逢坂　剛

珍しく根《こん》を詰めて仕事をしたので、梢田威《こずえだたけし》はすっかり疲れ果ててしまった。会議室のテーブルに、この署で作成された故買屋《こばいや》のリストと、盗品関連事件のファイルを積み上げたまま、大あくびをする。

くそ。

なんの因果で、こんな辛気《しんき》臭い仕事をするはめになったのか。いい年をして、研修もくそもあったものではない。ほかの署の、古い資料や記録書類をめくり返して、なんの役に立つというのだ。もう少し、ましな仕事はないものか。

夕方、近くの酒屋で買ったワンカップ大関《おおぜき》を、ついさっき一息に飲み干したばかりだった。そのせいか、体がほかほかし始めた上に、眠気までさしてきた。そうでなくても、午前一時を過ぎている。いつもなら、とうにベッドで高いびきだ。

今さら、タクシーに乗って小田急《おだきゅう》沿線の自宅まで、帰る気力はない。だいいち、そんなタクシー代が、経費で落ちるわけもない。今夜は、署に泊まるしかないだろう。

宿直室兼仮眠室には、この署でベッドと呼んでいるらしい、スプリングの固い拷問具が二つある。しかし両方とも、署の刑事に占領されている。午前零時にのぞいたとき、二人ともすでに白川夜船《しらかわよふね》状態だったから、引きずり出すのは無理だろう。あの様子では、署にテポドンが打ち込まれても、目を覚ましそうにない。

梢田はトイレに行き、用を足しながら考えた。どこか、適当な寝場所はないものか。

「おう、そうだ」

いいことを思いついて、トイレから会議室にはもどらず、無人の階段を二階へ上がった。

昼間、署長室であれこれ話をしたとき、長椅子《ながいす》のすわり心地がよかったことを、思い出したのだ。革張りの、柔らかい長椅子だった。署長はとうに帰宅して、署長室にはだれもいない。あそこでちょっと一眠りしても、ばちは当たらないだろう。

梢田は署長室に忍び入り、廊下から流れ込むほのかな明かりで、長椅子の位置を確かめた。

コート掛けに、署長のものらしいトレンチコートが、かかっている。梢田は、それを掛け布団がわりに拝借して、長椅子に転がった。

ふかふかして、思ったとおり寝心地がよい。宿直室のベッドより、ずっとましなはずだ。

それはそうと、明日になってもこの調子だとしたら、たまったものではない。こっちは、机にかじりついて調べものをするのが、大の苦手ときている。そのあたりを、署長に分からせる必要がある。

とにかく、一眠りしてからだ。

梢田は体を動かし、いちばん寝心地のよい位置を確保して、目を閉じた。

1

御茶《おちゃ》ノ水《みず》署の玄関の車寄せに、ジェット機のような車が停《と》まっている。

梢田威が、一度も見たことのないような、すごい外車だった。

「おい、あれはなんだ。新型のミサイルか」

斉木《さいき》斉《ひとし》が、小ばかにしたように言う。

「おまえには縁のないものさ。フェラーリF40だ」

「フェラーリ。もしかして、地上を走る車か」

斉木は相手にせず、さっさと署にはいった。梢田も、あわててあとを追う。

「おい、待てよ。あんな車を、署の正面玄関に停めるのは、どこのどいつだ」

「ジェームズ・ボンドが来たんだろうよ」

「ボンド。言うことが古いぞ」

むだ口を叩《たた》きながら、一緒に二階へ上がる。斉木は生活安全課保安二係の係長で警部補、梢田はその下にいる巡査長だ。因果なことに、元悪童の梢田と元優等生の斉木は、小学校の同級生だった。梢田は、斉木をさんざんいじめたツケが、二十年以上もたって回ってくるとは、夢にも思っていなかった。

二人を見て、残るもう一人の保安二係の女刑事、五本松小百合《ごほんまつさゆり》が席を飛んで立ち、そばへやって来た。

とがめるように言う。

「昼休みは一時までなのに、二人とも遅いじゃないですか。もう、一時半ですよ」

「その分、早く出たからいいんだ」

梢田が応じると、小百合は横目で睨《にら》んだ。

「もっと悪いですよ。十一時半から一時半まで、たっぷり二時間の昼休みなんて、サラリーマンにもありません」

ぐっと詰まる。

小百合は、本庁から御茶ノ水署へ送り込まれた刑事で、梢田より若いが階級は上の巡査部長、とくる。斉木にしろ小百合にしろ、梢田にとっては目の上のタンコブともいえる、うっとうしい存在だ。

「何をそんなに、かりかりしてるんだ。重大事件でも発生したか」

斉木の質問に、小百合は声をひそめた。

「それが、係長。本庁の牛袋《うしぶくろ》管理官が、署長のところへ見えてるんです」

梢田は、もう少しで食べたばかりのピザを、吐き出しそうになった。

「牛袋だと」

牛袋サトは、本庁生活安全部生活安全総務課の管理官で、小百合を御茶ノ水署へ送り込んだ、張本人でもある。階級は警部、牝牛《めうし》顔負けの風貌《ふうぼう》と体格に恵まれた、本庁きっての女丈夫《じょじょうふ》だ。

斉木も、ぞっとしない顔をした。

「牛袋警部が、うちになんの用だ」

「分かりません。お二人がもどられたら、三人そろって署長室へ来い、とのことでした」

「署長が呼んでるなら呼んでるで、なぜケータイに連絡しなかった」

斉木が苦情を言うと、小百合は顎《あご》を引いた。

「しましたけど、ずっと電源を切ったままじゃないですか」

斉木は言い返さず、こめかみを掻《か》いた。

梢田は、急《せ》き込んで言った。

「もしかすると、五本松を本庁へもどす、という話かもしれんな」

小百合が、いかにも残念そうに、首を振る。

「そうじゃないみたいですね。むしろ、人員が増えそうなんです」

「どうして」

「牛袋管理官が、二人お供を連れて来たからです」

斉木は、梢田と顔を見合わせてから、小百合に目をもどした。

「どんなお供だ」

「一人は、小生意気そうな、二十代の女性、もう一人は三十代か四十代の、いかつい男性です」

小百合の返事に、斉木は腕を組んだ。

「生活安全課が増強される、という話は聞いてないぞ。だいいち、おれたち保安二係だけが呼ばれる、というのも妙じゃないか」

「考えている暇はありませんよ、係長。もう、三十分も待たせてるんですから」

小百合はそう言って、梢田と斉木の肘《ひじ》を無理やりつかみ、廊下へ引っ張り出した。

署長室の前まで行くと、斉木はだらしなく緩めたネクタイを締め上げ、上着のボタンを留め直した。梢田も、それにならう。

ノックして、中にはいる。

署長の三上《みかみ》俊一《しゅんいち》警視正が、応接セットにすわる牛袋警部と二人の男女を前に、じろりと斉木を睨んだ。

「斉木君。いくらなんでも、昼休みを勝手に三十分延長とは、けしからんぞ」

斉木が、咳払《せきばら》いをして言い返す。

「お言葉ですが、署長。われわれは昼休みを返上して、働いていたのであります」

「働いていた。どこで、何をしていたのかね」

「御茶ノ水駅前に、新しく開店したラーメン店をチェックしに、行ったのであります。あの手の店で、しばしば覚醒剤《かくせいざい》の取引が行なわれる、という噂《うわさ》を耳にしましたので」

三上は、疑わしげな顔をした。

「それで、どうしたのだ」

「テーブルに、ラーメンに振りかける調味料の小瓶があり、その中に覚醒剤を入れて取引する手が、蔓延《まんえん》しているらしいです。そこでさりげなく、ラーメンを食べながら周囲の様子を、探ったのであります」

三上の眉《まゆ》が、ぴくりと動く。

「要するに、きみたちもそこで昼飯を食ったわけだな」

「何も食べずに、人のテーブルを見張るのは疑惑を招く、と判断したものですから」

梢田は、そのとおりだとばかり、うなずいてみせた。

三上はあきれ顔で、手を振った。

「もういい。それより、今日は牛袋管理官からきみたちに、話がある。その辺の椅子を、引っ張って来たまえ」

斉木は、すばやく三上の隣のあいたソファに、腰を下ろした。

小百合も、手近の折り畳み椅子を開いて、さっさとすわる。

梢田はしかたなく、署長が棚の上のものを取るのに使う踏み台に、尻《しり》を乗せた。

牛袋サトが、巨体を揺すって言う。

「今日明日の二日間、各方面本部の交流研修プロジェクトの研修生として、この二人を御茶ノ水署生活安全課の、保安二係に配属します。あなたたち三人で、しっかり指導するように。分かりましたか、斉木係長」

「はあ」

斉木は、あっけにとられた様子で、気のない返事をした。

びっくりしたのは、梢田も同じだった。そんなプロジェクトの話は、聞いていない。

梢田は、サトと並んですわる男女のうち、女の方を見た。年は二十代だろうが、へたをすると十代でも通じそうなほど、かわいい顔立ちをしている。

最初は、髪を金色に染めたとんでもない女と思ったが、正面から眺めると生まれつきのハーフなのか、本物の金髪らしく見える。大きな目に、つんと上を向いた鼻先、それにくいとしゃくれた顎の、かわいい娘だ。

サトが、娘を示す。

「こちらが、第七方面本部新葛飾警察署交通課、亀有公園前派出所に勤務する、秋本麗子巡査。よろしくね」

「秋本で～す。よろしくお願いしま～す」

秋本麗子が黄色い声を出したので、梢田は膝《ひざ》の裏がくすぐったくなった。

サトは、軽く眉をひそめてから、もう一人の男を示した。

「そちらが、同じく地域課同派出所勤務の、両津勘吉巡査長。仲良く頼みますよ」

両津勘吉、と呼ばれたいかつい男がこくんとうなずき、横柄な口調で言う。

「両津です。よろしく」

梢田は、両津をつくづくと見た。

濃い眉毛が、数字の3を左へ九〇度寝かせたような格好で、目の上にかぶさっている。

めったにスーツを着ないのか、肩のあたりがいかにも窮屈そうだ。両腕とも、袖《そで》をワイシャツと一緒に、手首までまくり上げている。

派出所勤務の巡査が制服も着用せずに、私服で他の警察署へ研修に来ることがあるとは、知らなかった。

それにしても、麗子のピンクのスーツは胸元が開きすぎだし、スカートはぴったりしすぎている。その上、短すぎる。両津の服装は、全体としてだらしがない。新葛飾署では、こんな格好が許されるのか。

三上が、両津と麗子を見比べながら、事務的に言う。

「さて、ここにいる三人が、生活安全課保安二係の係長斉木警部補と、同じく五本松巡査部長、そして梢田巡査長だ。きみたち二人には、この三人の下で研修を受けてもらう」

斉木が、こめかみを掻きながら、三上に聞いた。

「ええと、署長。この二人の受け入れ先として、わたしのところをお選びになった理由が、特におありですか」

「牛袋警部の、たっての希望でね」

三上の返事に、斉木はサトを見た。

　サトが、鼻息も荒く説明する。

「秋本巡査も両津巡査長も、派出所勤務から刑事への昇進を、目指しています。二人とも、なかなか手ごわいキャラクターなので、彼らを受け入れられる部署はめったにないのよ。わたしが思いつくかぎりでは、あなたが指揮する保安二係がぴったり。どうあっても、これだけは承知してもらいます」

　それを聞いて、梢田は口を開いた。

「しかし、御茶ノ水署管内は比較的平穏な土地柄ですし、研修に値するような事件はないと思いますがね」

　サトが、ぐいと唇を引き結ぶ。

「この二人が加われば、平穏無事ということはありません」

　梢田が言い返そうとすると、三上が手を上げて二人を制した。

「まあまあ。とにかく、そういうことに決定したのだから、これ以上議論はなしだ。第一会議室を、二日間あけておく。きみたち五人は、とりあえずそこにこもって研修の内容、目的を確認するように。以上だ」

　そう言って、五人を追い出しにかかる。

　三上とサトだけ残して、梢田たちはぞろぞろと戸口へ向かった。

サトが、小百合に声をかける。

「五本松巡査部長」

小百合は足を止めた。

「はい」

「秋本巡査のめんどうを、よく見るのよ。まわりに、柄の悪い連中がいるから」

「分かりました」

梢田は、腹の中で毒づいた。何が、分かりました、だ。まわりにいる柄の悪い連中、といったら自分と斉木以外に、いないではないか。麗子のような、卵の殻をケツにくっつけたような小娘に、だれが色目を使うものか。

2

署長室を出て、第一会議室に向かう。

カランコロンと、廊下に妙な音が響いた。

梢田威が、前を行く両津勘吉の足元を見ると、靴のかわりにサンダルをはいている。

「ちょっと、両津巡査長」

両津が振り向き、足を止めて梢田を待つ。

「なんだ、梢田巡査長」

とにかく、態度がでかい。

「スーツにサンダルってのは、ちょいといただけないね。ましてここは、署内だぞ。署長が、何も言わなかったのが、不思議なくらいだ」

両津は、がははと笑った。

「わしは、水虫持ちでな。サンダルでないと、仕事に差し支えるのよ。ところで、お互い巡査長同士、よろしくなっ」

そう言って、梢田の背中を思いきりどやす。

梢田は毒気を抜かれ、思わず咳《せ》き込んだ。ぼくでもおれでもなく、わしときたか。

その耳に、両津がささやきかける。

「女の巡査部長が上にいると、やりにくいだろうなあ」

「関係ないよ。あんたこそ、あんな小娘と一緒じゃ、気が散ってしょうがないだろ」

梢田が応じると、両津はうれしそうに笑った。

「あれはな、秋本コンツェルンのご令嬢だ。母親がフランス人で、とんでもない大金持ちの娘なんだ。驚いたか」

フランス人とのハーフ、とは予想外だった。もっとも、秋本なんとかいうコンツェルンなど、聞いたこともない。

「それじゃ、署の前に停めてあったごたいそうなしろものは、ご令嬢が乗って来たおフランス車か」

「いや、あの車は同僚の中川圭一ってやつに借りた、イタリアものさ。中川って野郎も、中川財閥の御曹司《おんぞうし》でな、これまた半端じゃない金持ちだ」

中川財閥も、初耳だ。いずれにせよ、こっちはコンツェルンにも財閥にも、縁がない。

「おい、おまえたち。早くはいれ」

会議室の入り口で、斉木斉が二人をせかす。

梢田は、両津の背中を押して戸口へ行き、中にはいろうとした。

ドアを支えて待つ、秋本麗子のそばをすり抜けようとしたとき、開いた胸の谷間がもろに目に飛び込み、梢田は心臓が喉元《のどもと》までせり上がった。麗子は顔こそ幼いくせに、体は十二分に成熟しているようだ。

五本松小百合が、梢田の視線に気づいたらしく、きつい目で睨む。梢田はそっぽを向き、咳払いをした。

「梢田。五本松。テーブルを動かせ」

斉木の指示で、梢田と小百合はデコラのテーブルを二つ寄せ、三対二で向き合うように、椅子を並べ替えた。

席につくと、斉木が両津と麗子を交互に見ながら、前置きなしに言う。

「さて、何を研修したいか、言ってみろ」

麗子が、さっと手を上げた。

「はい。質屋回りをしたいで～す」

斉木は、ダックスフントに似た顔を、おおげさにしかめた。

「その、で～すってのは、やめてくれんか。ですでいいんだ、ですで」

麗子は、肩からふわっと金髪を払い、にかっと笑った。

「すみません。ふだんは遣《つか》わないんですけど、レベルを下げた方がいいかと思って」

「そりゃ、どういう意味だ」

憮然《ぶぜん》とする斉木に、梢田はついにやにやした。なかなか、威勢のいい小娘だ。

小百合が、そばから言う。

「両津巡査長は、何をご希望ですか」

両津は腕を組み、足をテーブルに乗せかねない勢いで、ふんぞり返った。

「そうだなあ。ただの研修じゃあ、おもしろくもなんともない。どうです、係長。おれたち二人とそちら三人とで、一勝負やらかしませんか」

梢田は、すかさず乗り出した。

「賭《か》け将棋なら、いつでも受けて立つぞ」

麗子が、横目で睨む。

「コシエダ巡査部長。両ちゃんが言ったのは、あくまで仕事上の賭けだと思うんですけど」

かくんとなる。両ちゃんとは、恐れ入った。

「秋本巡査。おれは、コシエダでもなけりゃ、巡査部長でもない。賭け将棋はな、どんなときでも仕事に真剣に取り組む、という精神をジョウする訓練になるんだ」

麗子は、きょとんとした。

「ジョウって、なんですか」

「サンズイに、函館《はこだて》の函を書いて、養うだ」

「それって、カンヨウ（涵養）のことですか」

梢田は、口ごもった。慣れない漢語を遣ったので、間違えたらしい。

「ま、とにかく真剣に取り組むことが肝要だと、そう言いたかったんだよ、おれは」

斉木が、黙っていろというように合図して、口を開く。

「一勝負というからには、勝った方になんらかの褒賞がなけりゃ、やりがいがないだろう。違うか」

両津は、満面に笑みを浮かべた。

「当然ですよ、係長。負けた組が勝った組に、たとえば十五万払うってことで、どうですか。賭け金は、一人当たりそちらが五万、こっちが七万五千で、わしらはちょっと不利だけど」

いきなり、大きな金額を切り出されて、梢田はぎくりとした。

しかし斉木は、少しもたじろがない。

「何が、不利なもんか。勝ったらそれだけ、実入りもいいわけだろうが」

決めつけられると、両津はがははと笑った。

梢田はその隙《すき》に、テーブルに乗り出した。

「よし、受けて立とうじゃないか。真剣勝負なら、研修の効果も上がるってもんだ」

勝てば五万円と聞いて、無性に奮い立つ。負けたときのことは、考えなかった。

小百合が、口を挟んだ。

「でも、勝負の対象はなんですか」

両津は、指を振り立てた。

「たとえば、どちらが早くシャブの売人をお縄にするか、なんてのはどうです。今日と明日、二日間の研修の間に、どこのどんな売人でもいいから、早く挙げた方が勝ち。お互いに、一人もつかまえられなかったら、引き分け。分かりやすいでしょうが」

斉木が、首を振る。

「御茶ノ水署の管内じゃあ、シャブ関連事件はめったにない。間違いなく、引き分けになる。それじゃ、おもしろくないだろう」

両津は、天井を向いて少し考え、それから言った。

「そいじゃ、いっそチャカの摘発ってのは、どうです。こいつもこのあたりじゃ、めったにお目にかかれないシロモノだろうが、やりがいはあるでしょう」

梢田は、斉木と顔を見合わせた。

新宿まで足を延ばせば、話の通じる暴力団員が何人かいる。そいつらに頼んで、チャカの一丁くらい提出させるのは、さしてむずかしくないだろう。

斉木もそれを察したらしく、両津に目をもどしてうなずいた。

「分かった、チャカにしよう。どんなかたちでもいいから、二組のうち先にチャカを摘発、押収した方が勝ち、ということにする」

両津も、うなずき返す。

「よし、決まった。これで今度の研修は、ばっちりだ」

会議室を出たとき、三上署長と牛袋サトが廊下をやって来るのに、出くわした。

三上が言う。

「どうした。研修の方針は、決まったかね」

斉木が、もっともらしく答える。

「決まりました。研修は実践あるのみ、さっそく現場に投入することにしました」

サトが、満足そうにうなずくのを制して、三上は斉木に指を突きつけた。

「いいか、まじめにやるんだぞ。間違っても、二人に管内で只酒《ただざけ》を飲む方法なんぞを、伝授するんじゃない。分かったな」

斉木が、おおげさにのけぞる。

「署長。人聞きの悪いことは、言わないでください。梢田はともかく、自分は管内で只酒を飲んだことなど、一度もないんですから」

「自分も、ありません」

負けずに、梢田も口を出す。

三上は首を振りふり、サトを促して廊下を歩き去った。

「この野郎、自分だけいい子ぶりやがって」

梢田が斉木に文句を垂れると、麗子が目を丸くして言う。

「上司に向かって、そんな口のきき方はないんじゃないですか、コシエダさん」

「いいんだよ。こいつはおれの、小学校の同級生なんだ。それに、おれはコシエダじゃない。いくらハーフでも、人の名前くらいちゃんと覚えろ」

麗子は肩をすくめ、ぺろりと舌を出した。

「ごめんなさ〜い」

軽く頭を下げた、麗子の胸の谷間がまた目にはいって、梢田は生唾《なまつば》をのんだ。いかん、こんな小娘にたぶらかされるようでは、まだ修行が足りない。

両津が、腕を振り回しながら、張り切って言う。

「よっしゃ、戦闘開始じゃ。今日中に、決めたるわい。署内の挨拶《あいさつ》がすんだら、わしはチャカを摘発しに行く。麗子。その間に、おまえは御茶ノ水署の署員諸君と、仲良くなっておいてくれ。研修が終わったとき、盛大に万歳で送り出してもらえるようにな」

「了解」

3

生活安全課にもどる。

両津勘吉と秋本麗子は、さっそく他の係の刑事たちのところへ、挨拶に行った。課長の松平《まつだいら》政直《まさなお》警部以下、生活安全係、少年係、保安一係のシマを、順繰りに回る。

それを見ながら、斉木斉が言った。

「梢田。おれは五本松と二人で、新宿へチャカを調達、というか摘発しに、行って来る。おまえは、留守番だ」

梢田は驚いて、顎を引いた。

「留守番。おれ一人、蚊帳《かや》の外か。新宿なら、おれの方が顔がきくぞ」

「おれだって、新宿にツテの一つや二つはある。あのトンデモデカに、後れをとったら末代《まつだい》までの恥になる。おまえになんか、任しちゃおけない」

「五本松を留守番にして、おれが一緒に行った方が、よくはないか」

五本松小百合が、口をとがらせて反論する。

「上司の命令は、絶対ですよ、梢田巡査長。わたしが行きます」

梢田は、唇を引き結んだ。

小百合が、わざわざ名前に肩書をつけて呼ぶのは、自分の方が階級が上であることを、思い知らせたいときだ。

つい、ため息が出る。

「分かりましたよ、巡査部長。自分は署で、留守番をしてます。どうぞ、ごゆっくり」

挨拶をすませた両津と麗子が、保安二係にもどって来た。

両津が、梢田の肩をばしんと叩く。

「ま、お互いに、がんばろうぜぃ」

梢田は力なく笑い返したが、そのときには両津はすでに出口へ向かって、のしのしと歩いていた。

斉木と小百合も、あとに続く。小百合は、戸口で一度足を止めて、梢田を手招きした。

「なんだ」

そばへ行って聞くと、小百合は顔を近づけて言った。

「あの小娘に、色目を遣《つか》っちゃだめですよ。ちゃんと見張ってください」

一瞬、あっけにとられる。

「おい、そりゃどういう意味だ」

聞き返したときには、小百合はもう斉木のあとを追って、戸口を出たあとだった。

あの小百合が、麗子に対して焼き餅《もち》を焼いたのか、と一瞬いぶかる。そもそも、焼き餅を焼くほど、小百合が自分に好意を抱いている、とは思えない。

しかし、今の一言は気になる。もしかすると、しばらく梢田と机を並べている間に、ほのかな恋心がわいたのかもしれない。

梢田は、頭を振った。

いや、それはない。妙な夢を見る、いつもの悪い癖が出た。小百合に、好かれているなどと思うのは、妄想の最たるものだ。

向き直ると、もどって来たはずの麗子が、そこにいない。

麗子は、いつの間にか同じフロアの刑事課に行き、在席する刑事たちと談笑している。まったく、腰の軽い小娘だ。いつもは、横柄にいばりくさっている刑事課の連中が、妙に目尻を下げて相手をする姿を見ると、ぺっと唾を吐きたくなる。

刑事課に背を向け、席にすわってパソコンを開いた。

近ごろ形勢不利と見て、斉木が賭け将棋に応じなくなったため、パソコン将棋でがまんしている。もっとも、機械相手では無駄口も叩けず、おもしろくない。こっちが待ったをかけ、指し直しても文句を言わないところが、これまたつまらない。

三局連続して負けると、やる気がなくなった。

椅子を回すと、今度は警備課のシマに移っておしゃべりをする、麗子の姿が目にはいった。

何か、おもしろくない。呼びもどして、研修のまねごとでもしてやるか。といっても、なんの研修をすればいいのか、思いつかない。

また、パソコンに向かう。

そうだ。上の柔道場へ連れ込んで、寝技の一つもかけてやろうか。

そう考えただけで、どきどきした。麗子は、さほど背の高い方ではないが、出るところは出ている。だいたい、ミニスカートからすらりと伸びる脚は、梢田よりよほど長そうだ。横四方固めで押さえ込んだら、どんな気分だろうか。

「コシエダさん」

突然声をかけられ、梢田は飛び上がった。

振り向くと、麗子が立っている。

「仕事中に、急に話しかけるな。それにおれは、コシエダじゃない。何度言ったら、分かるんだよ」

麗子は、またぺろりと舌を出した。

「すみません。でも、将棋がお仕事なんですか」

梢田はマウスを動かし、将棋の画面を閉じた。

「大道詰め将棋の、取り締まりの参考にしようと思ってな」

「ダイドーツメショーギって、なんですか」

そういえば、最近見かけなくなった。

「天下の公道で、客に詰め将棋をやらせる、一種の香具師《やし》だ。すぐ詰みそうに見えるが、そこにうまいハメ手が隠してあって、なかなか詰まない。で、客から指した手数分だけ、金を取るってわけだ」

「だったら、詐欺《さぎ》じゃないですか」

「いや、詐欺じゃない。正しく指せば、実際に詰むんだからな」

気のせいか、麗子の目に賛嘆の色が浮かぶ。

「その研究を、してらしたんですか。すっごい」

梢田は、こめかみを掻いた。

「まあ、すっごいってほどでもないがな。ところで、挨拶回りは終わったのか」

「ええ、このフロアだけは。もしよければ、一階の交通課や地域課も、回りたいんですけど。知っている人もいますし」

たかが二日くらいの研修で、署内全員に挨拶することもあるまい、と思う。

しかし梢田は、その方がわずらわしくなくていいと考え直し、鷹揚《おうよう》にうなずいた。

「いいとも。気のすむだけ、挨拶してこい」

とたんに、ひどくにぎやかなメロディがあたりに流れ、梢田はまた飛び上がった。

「な、なんだ、この音楽は」

麗子が、急いでポケットから携帯電話を取り出し、ボタンを押す。

梢田は、椅子にすわり直した。まったく、人騒がせな着メロだ。

「もしもし。あ、両ちゃん。どんな具合ですか」

どうやら相手は、両津らしい。

「あら、そう。え。こっちですか。斉木係長と、五本松巡査部長が出て行ったきり、まだ連絡はないようです。そう、わたしとコシエダ巡査長で、お留守番してます。え。あら、ほんと。よかったじゃないですか。こっちの方は、順調にいってますから。はい。はい。それじゃがんばって、一分でも早くもどってね。なにしろ、十五万円だしね〜」

通話を切ると、麗子はにかっと笑った。

「両ちゃん、チャカを手に入れるめどが、ついたんですって」

「なんだと。こんなに早くか」

「ええ。でも、すぐじゃないらしいわ。夕方五時ごろには、チャカを持って署にもどれるって、そう言ってました。斉木係長も、うかうかしてられませんよね」

「そうだな。ええと、秋本くん。地域課と交通課に、挨拶に行って来たらどうだい」

「あ、そうだった。それじゃ、すみませんけど」

麗子は飛び立つように、戸口へ向かって駆け出した。

梢田は、そのすらりとした脚に見とれながら、携帯電話を取り出した。麗子がいなくなると同時に、画面を開いてボタンを押す。

斉木は、話し中だった。舌打ちをして、今度は小百合の番号を押す。

「もしもし。何かあったんですか」

「何かあったもくそもない。両津のやつ、早ばやとチャカを手に入れるめどを、つけたらしい。のんびりしてる場合じゃないぞ。係長は、だれと電話してるんだ」

「新宿の、地回りらしいですけど」

「やくざや地回りを、説得してる暇はない。どっかの事務所を緊急手入れして、なんでもいいからチャカを一丁、押収するんだ」

「そんな、むちゃな。あ、今電話が終わりました。代わります」

雑音。

「なんの用だ。まだ小一時間しか、たってないぞ」

両ちゃん
チャカは手に入りそう?

斉木は、不機嫌そうだった。

「一分だって、惜しいくらいだ。両津の野郎に、先を越されそうだぞ。午後五時には、チャカを持って署にもどる、と言ってるらしい。今、秋本麗子に、電話がはいったんだ」

「午後五時だと。あと二時間半もないじゃないか。今日中の決着は無理で、勝負はあしたになると思ったのに」

「だめだめ、勝負は今日中だ。なんでもいいから、チャカを手に入れろ。なにしろ、一人当たり五万の大金が、かかってるんだぞ。もし負けたら、あんたを絞め殺すからな」

「五万くらいで、おたおたするな、貧乏人め。おれは、金のために賭けに乗ったんじゃない。御茶ノ水署の、名誉のために乗ったんだ」

「なんでもいいから、とにかく手に入れろ」

梢田は、通話を切った。

4

四時半になった。

梢田威は、立ったりすわったりしながら、何度も壁の時計を見上げた。進みが速いような、遅いような、奇妙な感覚にとらわれる。

秋本麗子は、一階の交通課と地域課に長居して、ついさっきもどったばかりだった。話を聞くと、警務課や総務課なども回ったらしい。刑事に昇格した暁には、この御茶ノ水署へ配属されるつもりでいるのか、と疑いたくなるほどだ。

まあ、そんなことになったらなったで、多少の楽しみも出てくる。なにしろ、あの若さだ。あれだけは、五本松小百合もかなわない。

それにしても、斉木斉からはなんの連絡もはいらず、もどって来る気配もない。

自分の席で、あまりそわそわしていると、ほかの刑事たちの目を引く、と気がついた。

麗子に声をかける。

「秋本くん。会議室で打ち合わせながら、帰りを待とうじゃないか」

麗子は、遊んでいたゲーム機から目を上げ、はいとすなおに返事をした。

梢田は、出先表に第一会議室と書き込んで、生活安全課を出た。

会議室にはいると、麗子が腕を広げて背伸びをする。タイトスカートが、太ももの中ほどまでずり上がり、梢田はあわてて目をそらした。まったく、無防備な小娘だ。

五時五分前になったとき、突然外の廊下にカッカッというせわしない音が響き、梢田は反射的に椅子を立った。

いやな予感がする。

会議室のドアがばたんと開き、両津勘吉のいかつい顔と体が、飛び込んで来た。

「麗子。係長チームは、どうした」

麗子も、椅子から飛び上がる。

「まだです。両ちゃん、首尾はどう」

両津が、躍り上がる。

「よっしゃ、勝ったぞ」

そう言いながら、上着のポケットから拳銃《けんじゅう》を取り出し、指先でくるくると回した。

「ブローニングの、九ミリオートマチックを摘発した」

梢田は目の前が暗くなり、どしんと椅子に腰を落とした。目の裏を、羽の生えた一万円札が五枚、飛び去って行く。

ときをおかず、廊下を走る乱れた足音が、床に響いた。

斉木と小百合が、駆け込んで来る。

斉木は、拳銃をくるくる回している両津を見て、その場に立ちすくんだ。

両津が、がははと笑う。

「惜しかったですね、係長。わしはほんの三十秒前に、もどったばかりですわ。最後のダッシュがきいたな」

斉木は肩を落とし、コートのポケットから拳銃を取り出し、うらめしそうに見た。

「くそ。せっかく、極上のベレッタを手に入れたのに、遅かりし由良之助《ゆらのすけ》か」

「まあまあ、そうがっかりしなさんな。わしも、久しぶりにブローニングを手に入れて、興奮しちまった。研修効果はバッチリだし、めでたしめでたしじゃないですか、係長」

麗子がいそいそと、梢田のそばに寄って来る。

「それじゃ、コシエダさんから順に、五万円ずつお願いしま~す」

「ちょっと待って」

そう言って、小百合が割り込んだ。

「両津さん。そのブローニングを、見せてくださらない」

両津はぐいと唇を引き締め、手にしたブローニングを後ろに隠した。

「どうしてですか、巡査部長。何か不審な点でも」

「念には念を、というのも捜査の心得の一つです。確認させてもらいます」

「念を入れる必要はない。わしがブローニングと言ってるんだから、これはブローニングに間違いない」

「それなら、すなおに見せてください」

「巡査部長。あんたも刑事なら、遠くから見たってブローニングだと、分かるでしょう。係長がベレッタなら、わしのはブローニングだ。文句言いっこなしですよ」

「いいから、見せてください」

小百合は、つかつかと両津のそばに近づくと、後ろに回した腕をぐいとつかんだ。

「何をするんじゃ、巡査部長」

本気になって、抵抗しようとする両津の右腕を、小百合がぐいとねじり上げる。梢田以外は知らないが、小百合には格闘技の心得があるのだ。

「いててて」

両津は声を上げ、握った拳銃を取り落とした。

小百合は、それが床に落ちる前にすばやく受け止め、後ろに下がった。

しげしげと拳銃を眺め、それから銃口を両津に向ける。

両津は青くなって、両手を上げた。

「あ、危ないまねはやめてくれ、巡査部長。そいつには、弾《たま》がはいってるんだから」

「ええ、知っているわよ」

小百合はそう言って、いきなり引き金を絞った。

梢田がひやりとした瞬間、シュポッという音がして何かが両津の腹に当たり、勢いよくはじけ飛んだ。小さな白い玉が、軽い音を立てて床を二度、三度と跳ねる。

梢田は、あんぐりと口をあけた。

「なんだ、そりゃ。BB弾じゃないか」

小百合がうなずく。

「ええ。この拳銃は、ソフトエアガンです」

そう言いながら、くるりと指先で拳銃を半回転させ、銃把《じゅうは》を前に向けて斉木に差し出した。

斉木がそれを受け取り、丹念に調べる。

それから、じろりと両津を睨んだ。

「なんのまねだ、両津巡査長。こいつは、おもちゃじゃないか」

唇をへの字に曲げていた両津は、急にがははと笑って頭を掻いた。

「いやあ、ばれたか。すまん、すまん」

「ばれたか、もないもんだ。こんなもので、おれたちの目をごまかせる、とでも思ったのか」

「気にしない、気にしない。ほんの、苦し紛れですから」

「これじゃ、研修にも何も、ならんじゃないか」

両津は真顔にもどり、斉木が手にするベレッタに、うなずきかけた。

「念のため、そのベレッタも見せてもらえますかね。本物かどうか、確かめたいから」

「好きにしろ」

斉木は、ベレッタを両津に投げ渡そうとして、危うく手を止めた。

「おっと。おまえに撃たれちゃ、金が手にはいらんからな」

そう言って、麗子にベレッタをほうる。

麗子はそれを受け止め、どこかにおもちゃらしい形跡はないかと、じっくり調べた。

斉木が声をかける。

「おいおい、のぞくんじゃない。弾ははいってないが、銃口をのぞくのはご法《はっ》度《と》だってことくらい、覚えておけ」

麗子は、なおも未練がましげに調べたあと、ベレッタを梢田によこした。

「なんだか、本物らしいですね」

「らしいじゃなくて、本物だ」

梢田が請け合うと、両津は悔しそうにぼりぼりと頭を掻き、麗子に顎をしゃくった。

「しょうがない。麗子、お三方に賭け金を払うんだ。わしの分は、立て替えといてくれ。退職金で返すから」

「分かりました」

麗子はあっさりうなずき、スーツのポケットから札束を取り出すと、銀行員のような手つきで数え始めた。

梢田は、ぽかんとした。

「はい、十五万円」

そう言って、斉木に金を差し出す。

そんな札束を、無造作にポケットに入れ歩いているとは、どういう女だろう。

秋本コンツェルンは、やはり相当金回りがいいようだ。

斉木も、さすがにためらうそぶりを見せたが、梢田にせかされて札束に手を出し、うやうやしく受け取った。

「それじゃ、これは今回の研修料として、ありがたく頂戴《ちょうだい》する」

5

翌日。

梢田威と五本松小百合は、斉木斉に連れられて山の上《やまのうえ》ホテルのレストラン、〈ラ・ヴィ〉へ昼飯をとりに行った。むろん割り勘だが、十一時半から一時半までたっぷり二時間、楽しんだ。

そのあと、腹ごなしに夕方までビリヤードと、パチンコを楽しむ。出先表には、管内質屋回りと書いておいたから、別に問題はない。

夕方、すっかり満足して署にもどると、どうも空気がおかしい。署員の、三人を見る目が妙によそよそしく、敵意さえ感じられる。遊んでいたのが、ばれたかと思った。しかし、そんな雰囲気でもない。

両津勘吉と秋本麗子は、生活安全課のシマにいなかった。会議室にこもり、負けた罰として斉木に言いつけられた、故買屋のリストと盗品関連事件のファイルの整理を、しているはずだ。

席に着くと、隣の保安一係の係長大西哲也《おおにしてつや》が、わざわざ仕切りのキャビネットを回り、斉木のそばにやって来た。

「ちょっといいか」

声をかけられて、斉木が面食らったような顔で、大西を見上げる。

それもそのはず、斉木と大西はだいぶ前から犬猿の仲で、ここ二、三年は口をきいてないはずだ。梢田も驚いて、二人の様子をうかがった。

「なんだ」

問い返す斉木に、大西が声をひそめて言う。

「おまえたち、新葛飾署から研修に来た漫才コンビと、捜査がらみの賭けをしたそうだな」

斉木は、どうして知っているのかという顔で、ちらりと梢田を見た。

梢田にもわけが分からず、小さく首を振ってみせる。

斉木は、大西に目をもどした。

「まあな。つまりその、二人の研修効果を上げるための、インセンティブってわけさ」

「何が、インセンティブだ。だいじな仕事を、賭けごとにしやがって」

「大きなお世話だ。おれたちは別に、署の機密費を遣《つか》ったわけじゃない。自分たちの金を賭けたんだ。文句があるか」

斉木が言い返すと、大西はこめかみをぴくぴくさせていたが、口調を変えて聞いた。

「どちらか先に、拳銃を摘発した方が勝ちと決めたそうだが、おまえたちが勝ったというのは、ほんとうか」

「ああ、ほんとうだ。あんな駆け出しに、負けてたまるか」

「どこで、拳銃を手に入れた」

「捜査上の秘密は、たとえ同僚でも教えられんな」

大西は、いやな顔をしたが、さらに続けた。

「手に入れた拳銃は、どうした」

「署長に提出した。今度、拳銃摘発強化月間がきたとき、活用してもらうつもりだ。署長は、感謝してたよ」

斉木がうそぶくと、大西は悔しそうに口元を歪《ゆが》めた。

「くそ。こういうときだけ、がんばりやがって。ふだんも、その調子で仕事をしやがれ」

そう捨てぜりふを残し、席にもどって行く。

向かいの席から、小百合が声をひそめて言った。

「どうしたんでしょう、大西係長。かなりご機嫌斜め、という感じだけど」

斉木が、肩をすくめる。

「さあな。よほど、虫の居所が悪いんだろう」

それから、梢田を見て付け加えた。

「そろそろ五時だ。両津たちを、呼んで来い。無罪放免にしてやる」

梢田が会議室に行くと、持ち込んだ資料がテーブルに散らばっているだけで、両津も麗子もいなかった。

どこへ行ったのだろう。

梢田が、首を捻《ひね》りながら廊下をもどって行くと、一階から階段を上がって来た二人と、ばったり出くわした。

両津が言う。

「おう、梢田巡査長。そろそろ、お開きの時間だな。いろいろと、ありがとうよ」

麗子も、妙に上気した顔で、頭を下げた。

「わたしも。二日間、楽しかったです」

梢田は抜け目なく、麗子の胸の谷間をのぞき見してから、腰に手を当てた。

「いや、ご苦労。ところで、一階で何をしてたんだ」

麗子が口ごもるのを、両津が笑い飛ばした。

「いや、なに。お別れを言いに行ったのさ。二階の方は、昼休みにすませたからな」

生活安全課にもどると、フロア全体の雰囲気がしらけているのが、ひしひしと感じられた。

両津と麗子は、そそくさと帰り支度をすませ、斉木たち三人に挨拶した。

「いや、これでわしらも刑事として、十分やっていく自信がつきました。御茶ノ水署に配属されたときは、一つよろしく頼みますぜ。なあ、梢田巡査長」

梢田は、両津に背中を思い切りどやしつけられ、つんのめりそうになった。

二人が、フロアの全員に愛想を振りまきながら、戸口へ向かう。

「みなさん、お世話になりました。それじゃ、またね～」

麗子の言葉を最後に、二人の姿は視界から消えた。

がたがたがた、と床が音を立てて揺れる。

そのフロアにいる全員が、椅子を鳴らして立ち上がったのだ。みながみな、怖い顔をして保安二係の方へ、にじり寄って来る。

小百合が椅子を飛び立ち、梢田の方へ避難した。

梢田は、斉木に助けを求めた。

「お、おい。どうなってんだよ、これは」

その間にも、署員たちが怖い顔で、近づいて来る。

梢田は、小百合を後ろにかばった。

「おい、なんとかしてくれよ、係長」

斉木も、わけが分からぬという顔つきで、尻込みする。

「おれにも分からん。逃げた方がよさそうだぞ」

そう言って、真っ先に戸口へ突進する。梢田と小百合も、あわててそれに続いた。

廊下に出ると、階段をのぼって来た一階の署員たちが、同じように迫って来るのが見えた。

どの署員も、怒りで顔が赤く染まっている。

いったい、何が起きたのだ。

梢田は冷や汗をかき、前後左右を何度も見返した。どうしようもない。挟み撃ちにされ、逃げ場を失ってしまった。

悪い夢を見ているような気がして、さすがに足がすくむ。

斉木がわめく。

「ま、待て。これは、どういうことだ」

集団の先頭にいた大西が、憎にくしげに吐き捨てる。

「この、能なしめ。おまえが、珍しくがんばったりするから、おれたちは大損したんだぞ」

「大損だと。どういう意味だ、それは」

「秋本麗子が、署内を回って賭け金を集めたのよ。両津一人と、斉木、梢田の二人組が拳銃摘発で、賭けをしている。どっちが勝つか、トトカルチョをしようってのよ」

「トトカルチョ」

梢田はおうむ返しに言い、その場に棒立ちになった。

「そうよ。あの小娘の話じゃ、両津はいつでも好きなときに好きな場所で、拳銃を手に入れるルートがあるから、負ける心配がないという。そうでなくても、おまえたち二人が勝つ可能性は、ゼロのはずだった。ふだんの仕事ぶりを見れば、一目瞭然《いちもくりょうぜん》だからな。あの小娘は、おれたちが両津に賭けるのを全部引き受けて、自分はおまえたち二人の勝ちに賭けたのよ。なにしろ、秋本コンツェルンのご令嬢だから、負けても賭け金を払わんという心配はない。それがどうだ。どこでどう間違ったか、おまえたちが勝ちやがった。一人一万円、御茶ノ水署の署員の三分の二が賭けて、全額あの小娘に持って行かれたんだぞ。この責任を、どう取ってくれる」

まくし立てる大西を、斉木が必死になだめる。

「ま、待て。拳銃の勝負は、両津対おれたち二人じゃない。秋本麗子と五本松も、はいってたんだ。二対三の賭けだったんだ。つまり、あんたたちはあの小娘に、はめられたんだ」

梢田も、ようやく事情を察した。

麗子が、署内をあちこち行ったり来たりしたのは、賭け金を集めていたからに違いない。両津が、本物ならぬソフトエアガンを持ってもどったのも、わざと負けるためだったのだろう。

　ショックのあまり、廊下にくずおれそうになるのをこらえ、梢田はどなった。

「こ、これは、あの小娘一人の仕事じゃない。両津の野郎が、裏で糸を引いたんだ。なにせ、悪知恵の働く野郎だからな。やつをとっつかまえて、金を回収すればいいんだ」

　大西が、せせら笑う。

「うるさい。署内でトトカルチョをやった、なんてことが本庁のお偉方の耳にはいったら、御茶ノ水署はお取りつぶしだ。金は、おまえたちから回収する。賭けに勝った金が、百五十万あるはずだ。それだけあれば、おれたちの損も補《ほ》塡《てん》できる」

「ひゃ、百五十万だと。桁《けた》が一つ違うぞ」

　斉木がわめき、逃げ出そうとする。

　梢田も小百合の手を引き、斉木のあとに続いた。廊下を追って来る、署員たちのすごい足音がする。

　これは、悪い夢だ。現実に、こんなことがあるはずがない。

梢田の手を、小百合がぐいと引っ張る。

＊

「待て待て、そっちじゃない。こっちの階段だ」

梢田がどなると、また小百合が手を引っ張った。

「何を寝惚《ねぼ》けとるんだ。さっさと目を覚ませ」

小百合の声がおやじ声になり、はっと梢田は意識を取りもどした。

目の前に、怒りに眉を逆立てた怖い顔が、にゅっと突き出る。

「しょ、署長」

梢田は、あわてて握られた手を、振り放した。悪い夢を、見てしまった。

「しょ、署長もないものだぞ、梢田君。わたしの部屋で、白川夜船とはどういうことだ」

いつの間にか、外が明るくなっている。

梢田は、長椅子から飛び起きて、直立不動の姿勢をとった。その拍子に、かけたトレンチコートが、床に落ちる。

あわてて拾い上げ、塵《ちり》を払いながら言った。

「ええと、申し訳ありません。昨夜仕事が長引きまして、ちょっと仮眠を取ろうと思ったのでありますが、つい寝込んでしまいまして」

署長は梢田の手から、コートを引ったくった。

「よくもわたしのコートを、布団がわりにしてくれたな。そもそも、神聖なる方面本部交流研修プロジェクトを、なんと心得る。こんな、たるんだところを牛袋管理官に見られたら、即刻懲戒免職ものだぞ」

「申し訳ありません。すぐに、仕事にかかります」

署長は梢田の胸に、太い人差し指を突きつけた。

「あの仕事は、もういい。わたしの部屋で、正体不明に眠り込んだ罰として、現場での実務研修に切り替える。覚悟したまえ」

梢田は、生唾をのんだ。

「あの、現場での実務研修、とおっしゃいますと」

警視庁第七方面本部、新葛飾警察署の署長屯田五目須《とんだごめす》は、気をつけをして言った。

「当署管内、亀有公園前派出所において、丸一日外勤を命じる。両津勘吉巡査と一緒に、外回りをして来い」

梢田は、愕然《がくぜん》となった。
どうやら悪い夢は、まだ覚めていないようだ。

目指せ乱歩賞！

東野圭吾

1

両津が昼飯を食べて派出所に戻ると、中川が真剣な顔つきで本を読んでいた。両津が帰ってきたことにも気づかない様子だ。

両津は中川の後ろから、その本をひょいと取り上げた。

「わっ、びっくりするじゃないですか」

「仕事をサボって本なんか読んでるほうが悪いんだ。一体何を読んでるんだ」

両津は、ぱらぱらと本をめくり、さらに最後の頁《ページ》を開いた。

「なんだ、そば屋が人を殺したという話か。くだらん」

中川は、のけぞり、泣きそうな顔になった。

「先輩、ミステリのオチをしゃべるなんて反則ですよ。まだ読んでる最中だったのに」

「ミステリ？　そうだったのか」

「そうですよ。推理を楽しみそこねたじゃないですか。それにしてもそば屋が犯人だったとはなあ。僕はてっきり、八百屋《やおや》だと思っていた。読みが浅かったなあ」

「ふん、作り物の事件なんか読んで、一体何が面白いんだ」

両津は本の表紙を見た。帯がついていて、『本年度江戸川乱歩賞《えどがわらんぽしょう》受賞作！』とある。

「なんだこの江戸川乱歩賞ってのは。江戸川区の区民賞みたいなもんか」

「先輩、江戸川乱歩を知らないんですか。日本の探偵小説の基礎を築いた人物ですよ。明智小五郎《あけちこごろう》とか怪人二十面相とかが有名です」

「おう、それなら知っている。少年探偵団ものだな。あれは子供の頃《ころ》に読んだ覚えがある」

「その江戸川乱歩の寄付を基金として、日本探偵作家クラブが作った賞が江戸川乱歩賞です。元々は探偵小説の発展に貢献した人に与えられるものだったらしいですけど、第三回から新人賞になりました。長編小説を公募して、その中で最も優秀な作品に与えるというわけです。ちなみに日本探偵作家クラブは、現在は日本推理作家協会に名称が変わっています」

「ふうん、よく知っているな。で、この本がそれを受賞したということか。それって、そんなにすごいことなのか」

「そりゃあすごいですよ。何しろ、プロの作家や評論家たちが選ぶんですからね。絶対に面白いというお墨付きを貰《もら》ったようなもんです。この賞を獲《と》って、プロ作家になった人は大勢います。それだけじゃなく、その人たちの大部分が、その後も第一線で活躍しています。だからミステリ作家を目指す人たちにとっては、最大の登竜門といえるんです」

中川の説明の途中から、両津は大欠伸《あくび》を始めていた。

「興味ないなあ。今は本が売れない時代だというじゃないか。そんな時代に作家になったたって仕方がない。そいつらは、ほかにやることがないのか」

「ミステリ小説が好きなんだと思いますよ。だからただ読んでるだけじゃ飽き足らなくなって、自分でも書いてみようと思うんじゃないんですか。それに、本が売れないといっても例外はありますよ。たとえばこの本なんか、江戸川乱歩賞受賞という謳《うた》い文句のおかげで、十万部も売れているそうです」

両津の目が光った。

「十万部？　すると、どのぐらい儲《もう》かるんだ」

「本の価格の十パーセントが作者の取り分になると聞いたことがあります。この本は千五百円だから、一冊につき百五十円です。それが十万部だから、千五百万円ということになりますね」

光っていた両津の目が、激しく血走った。その目のまま、中川のネクタイを摑《つか》んだ。

「千五百万？　本当かっ。そんなに貰えるのかっ」

「くく、苦しい。本当のはずです。しかも賞金が一千万円です」

「なんだと、じゃあ合わせて二千五百万じゃないか。よしっ」両津は中川のネクタイをいきなり離した。弾《はず》みで中川は後ろにひっくり返ったが、そちらには目も向けず、両津はガッツポーズを作った。「わしもそれを貰うぞ。江戸川区民賞を獲って、二千五百万円を稼いでやる」

中川が小声で、江戸川乱歩賞ですよ、と訂正するが、両津は無視だ。猛然と飛び出していった。

2

「こちらに来ていただいても困ります」眼鏡《めがね》をかけた女性はいった。

あるマンションの一室だ。ドアには『日本推理作家協会事務局』と書かれたプレートが貼《は》ってある。

「なんでだ。ここへ来れば、江戸川区民賞が貰えるんじゃないのか」両津は怒鳴った。

「それ、たぶん江戸川乱歩賞のことだと思いますけど、こちらで差し上げるわけではありません。まず原稿を指定の送り先に郵送してください。作品は今、どこにありますか」

「作品？　ここだ」両津は自分の頭を指差した。

「えっ？」

「この頭の中にある。後は書くだけだ。だからもう出来たも同様だから、先に賞をくれといってるんだ」

眼鏡の女性は困惑した顔で、首を捻《ひね》った。

「ですけど、それがどういうお話なのか、まずは書いていただかないとわかりませんから。それに賞を獲れるかどうかは、選考委員の方が判断するわけですし」

「何をいってるんだ。わしのが一番面白いに決まっている。賞をくれたら、ゆっくり書いてやるから、先にくれよ」

「いいえそういうわけには……。あの、ここに応募要項がありますから、それをよく読んで、そのとおりに応募してください。お願いします」眼鏡の女性は、ばたんとドアを閉めた。かちゃりと鍵《かぎ》をかける音も聞こえた。

「くっそー、頭の固い連中だ。そんなことだから本離れの時代だなどといわれるのだ」

両津が歩きながらぶつぶつぼやいていると携帯電話が鳴りだした。中川からだった。

「先輩、江戸川乱歩賞を狙《ねら》うのなら、紹介したい人がいるんです。これから派出所に連れていきますから、会ってみませんか」

「ほう、どんなやつだ」

「そういう方面に詳しい人です。会えばわかります」そういって中川は電話を切った。

派出所で待っていたのは、痩《や》せて青白い顔をした男だった。しかし金縁眼鏡の奥で光る目は鋭い。

黄泉《よみ》よみ太《た》、と男は名乗った。新人作家発掘のプロだという。

「黄泉さんは、長年、あらゆる新人賞の下読みをしてこられた人で、各賞の傾向と対策に精通しておられるんです」中川がそう紹介した。

「下読みというのは？」両津が訊《き》く。

「予備選考係と考えていただいて結構です」黄泉はゆっくりと口を開いた。

「江戸川乱歩賞の場合、応募数は約三百です。それらを何人かの下読みが手分けして読み、一割程度を残します。つまりその段階で、九割の作品が落とされるわけです」

「えっ、すると、九割の作品は、たった一人の下読みの方に読まれるだけなんですか」中川が訊いた。

そういうことです、と黄泉は無表情で答えた。

「えーっ、それって、すごく運不運が関係しませんか。たまたまその下読みの方の好みに合わなかっただけで、ほかの人なら落とさないってこともあり得るんじゃないですか」

「それはあります」黄泉は頷《うなず》いた。「乱歩賞の場合、予備選考が三次までありますす。今私がいったのは、一次選考のことです。中川さんがおっしゃったように、運が良ければ二次選考ぐらいまで残ったのに、下読みとの相性が悪かったせいで一次で落ちた、ということは頻繁にあると考えられます」

「ううむ、そんなことが頻繁にあっていいのか」両津が訊いた。

「要は考え方です。江戸川乱歩賞の目的は、ナンバー1の作品を選ぶことにあります。本来ならば二次選考まで残りそうな作品が一次で落ちようが、またその逆のことが起きようが、最終的に最も優秀な作品が残るのなら何も問題はないのです。最終候補に残るほどの作品が、下読みの好み程度のことで一次で落ちることなど、まずあり得ないからです。逆にいえば、好みだけで辛うじて一次を通過した作品などは、二次選考、三次選考の段階で、必ず落ちます。これは断言できます」

長年下読みをしてきたというだけあって、黄泉の言葉には自信がこめられている。それだけに説得力もあった。

「要するに、本当に面白いものを書けば、運とかは関係なく受賞できるということですか」

中川の言葉に黄泉は大きく頷いた。

「まさにそのとおりです。傾向と対策といいますが、実際にはそんなことは考えないほうがいい。傾向と対策を考えている応募者が時々いますが、そんなことを意識して書かれた作品より、何も考えないで書かれた作品のほうが、圧倒的にたくさん受賞しているのです」

「なんだ、じゃあアンタに来てもらった甲斐《かい》がないじゃないか」両津は率直に不満を口にした。

「いいえ、アドバイスできることはあると思います」黄泉は冷徹な目をしていった。「でもそれはあなたが作品を書いてからです。あとまだ一年以上ありますから、書き上がったら読ませてください」

「一年以上？　どうして？」両津は訊く。

「だって、今回の締切は明日です。あなたが狙うとすれば、早くても来年です」

「明日？　そうか、締切があるのを忘れていたっ」両津は立ち上がった。「来年まで待っていられるか。こんなことをしてる場合じゃない」

「どこへ行くんですか」中川が訊いた。

「決まってるだろ。小説の取材だ。急いで書かなきゃならんからな」そういうと両津は、またしてもどこかへ立ち去った。

「応募原稿の規定は、原稿用紙で三百五十枚から五百五十枚なんだけどな」黄泉が呟《つぶや》いた。

3

東京拘置所《こうちしょ》——。

プロの殺し屋、番場《ばんば》幸太郎《こうたろう》の独居房をノックする者がいた。番場が外を見ると、両津がにやにやと笑っていた。

「あっ、両津。おまえ、どうしてここに……」

「看守に知り合いがいるので通してもらった。ところでおまえ、一人しか殺してないといい張ってるそうだな。本当はもっと殺してるくせに」

「わっ、馬鹿《ばか》、何をいいだすんだ」

「わしは何でも知ってるんだぞ。二人以上殺したことがばれれば死刑になるので、証拠が見つかった件だけ自白したんだろう。ところがわしは、おまえの秘密の隠れ家を知ってるんだ。そこを捜索されれば、ほかの殺しも全部ばれるな」

「げっ、どうしてそこまで……」

「ばらされたくなかったら、わしに協力しろ。これまでにやった殺しを、全部白状するんだ」

「馬鹿か、おまえ。そんなことをしたら死刑確定だ」

「話を最後まで聞け。わしにだけ話せばいいんだ。そうすれば悪いようにはしない」

「俺《おれ》の話を聞いて、どうする気だ」

「おまえがそれを知る必要はない。どうする？　それともばらしてやろうか」

「わかった、わかった。だけど、かなり長い話になるぞ」

「構わん。メモの用意はしてきた」両津は大学ノートとボールペンを取り出した。

一時間後、結婚詐欺《さぎ》で拘留中の駒士《こまし》洋一《よういち》が入っている独居房がノックされた。外には両津が立っていた。不気味な笑顔を浮かべている。

「久しぶりだな」両津がいった。

「何の用だ。俺はおまえのせいで捕まったようなものなんだぞ」

「おまえがわしの姪《めい》を騙《だま》そうとしたのがいかんのだ」

「あれは失敗だった。デートの相手に、親戚《しんせき》のおやじの尾行がついているとは夢にも思わなかった。しかもそいつが警官とは……」駒士は頭を抱えた後、我に返って、もう一度両津を見た。「何の用だと訊いてるんだ」

「おまえ、騙したのはうちの姪だけじゃないだろう。ほかにもやっていることはわかってるんだ」

「何をいう。そんな証拠がどこにある」

「とぼけても無駄だ。わしはおまえの顔写真を持って、東京中を歩き回ったんだ。おまえに騙されたという若い女性を八人も見つけたぞ。おまえの次の裁判までに、その情報を警察に流してやる」

駒士は自分の顔がひきつるのを感じた。冷や汗が出てきた。

「頼むっ、それだけは勘弁してくれ。刑務所から出たら、全員に詫《わ》びるつもりだったんだ」駒士は土下座をした。

「だったら、わしのいうことを聞くか」

「聞く。何でも聞く」

「よし。じゃあ、おまえがどうやって女性たちを騙したのか、全部ここで白状しろ」

「えっ？」駒士は目をぱちくりさせた。


さらに一時間後、今度はスリの市町文吉《いちまちぶんきち》の独居房が、そのまた一時間後には窃盗《せっとう》常習犯の鼠田次郎《ねずみだじろう》の独居房がノックされていた。そしてその一時間後、両津はようやく東京拘置所を後にしていた。

「ふう、他人の話を聞くというのは、なかなか骨が折れる。だけどこれで、小説のネタはたっぷり仕入れられたぞ。それにしてもあいつら、思った以上に馬鹿だな。どうせ余罪があるだろうと思って、カマをかけただけなのに、べらべらとしゃべりやがった」両津はポケットから小型のレコーダーを取り出した。

「これは、わしが江戸川乱歩賞を獲ったら、匿名《とくめい》で警察に送りつけてやろう」

4

ドドドドド、ドドド、ドドドドドドドド――。

中川が出勤すると、派出所から、機関銃のような音が聞こえてきた。あわてて中に入り、そこで繰り広げられている光景を見て唖然《あぜん》とした。

四台のパソコンが持ち込まれ、その真ん中に両津がいる。彼は両手両足を使い、四台のキーボードを打ちまくっていた。

「先輩、何をしてるんですか」

「おう、中川、いいところに来た。プリンタにインクと紙を補充してくれ。見てわかると思うが、わしは今、手が離せないんだ。手だけでなく、足も離せない」

うおおお
カタ
カタ
カタ
カタ

二台のプリンタからは印刷された紙が次から次と出てきている。あとの二台は、インク切れと用紙切れで止まっていた。

「一体何を……」

周りに散らばっている印刷済みの用紙を拾いあげ、中川は仰天した。それは紛れもなく小説だったからだ。

「げっ、先輩、もうこんなに書いちゃったんですか」

「今、二百五十枚だ。あと半分、何とか書かなきゃならん。今日中に郵送できなかったら、来年回しだからな」両手両足を激しく使い、四つのモニターを見ながら両津は答えた。

「どうしてパソコンを四台も……」

「わしの入力が速すぎて、一台では対応しきれんのだ。あーっ」

両津が叫ぶのと同時に、右手で操作していたパソコンが火を噴き出した。

「しまった。ここで、戦力ダウンは痛手だぞ。小説が完成するまで、何とか後の三台には保《も》ってもらわねば」そういいつつ両津は、これまでよりも激しくキーボードを叩《たた》き始めた。

中川は頭痛がし始めた。それに耐えながらプリンタにインクや紙を補充した。

さらに印刷し終えた用紙を揃《そろ》えていると、隅に誰《だれ》かいるのに気づいた。黄泉だった。痩せた顔がさらにやつれて見える。

「黄泉さん、あなたはどうしてここに？」

「さっき、いきなり連れてこられたんです。小説を読めといって……」

「そうだったんですか」

「まさかこんなに早く出来るとは……。私が読むより、あの人が書くスピードのほうが速いから、どんどん溜《た》まっていくんです」

「大変ですねえ」

「しかも誤字脱字だらけで……。それを指摘したら、じゃあおまえが直せといわれて。本読みのプロである私がこんなことをやらされるなんて……」黄泉はしくしく泣きだした。

それから数時間後、「よしっ」と両津が叫んだ。

「ついに完成だ。中川、さっさとプリントしろ。黄泉さん、あんたは誤字脱字修正係だろ、きちんとやってくれよ」がははは、と笑う両津だった。

中川と黄泉が青息吐息で作業を終えたのは、間もなく零時になろうという時だった。

「いかん、このままでは遅れる」

両津は原稿を入れた封筒を抱え、自転車に飛び乗った。猛然と走りだし、郵便局の夜間窓口に、自転車に乗ったまま駆け込んだ。

消印は一月三十一日、ぎりぎりセーフである。

「危ないところだった。ここまでがんばって遅れたら、何の意味もないからな」

派出所に戻ってきた両津は、そういいながらモニターをセットし始めた。モニターには地図が表示されており、その地図上で白い点が点滅している。その場所は郵便局だ。

「何ですか、それは」中川が訊いた。

「ふっふっふ。原稿の一枚目にICチップを貼り付けておいたんだ。GPSで、わしの原稿が今どこにあるのか、ひと目でわかるというわけだ」

「そんなことして、どうする気ですか」

「へっへっへ。それは内緒だ。あー、疲れた」

不気味に笑った後、両津はごろりと横になり、次の瞬間には、があがあと鼾《いびき》をかき始めていた。

5

ミステリ評論家の南風浩介《なんぷうこうすけ》は、机の前で腕組みをした。目の前には、たった今読み終えた原稿がある。江戸川乱歩賞に応募されたものだ。タイトルは、『殺し＋詐欺＋スリ＋泥棒』となっている。

ものすごい小説だった。タイトル通り、主人公が殺しと詐欺とスリと泥棒に手を染めるというストーリーだ。どう考えても一人の人間に、これほどのことが出来るわけがなく、そういう意味ではリアリティがまるでないのだが、一方で一つ一つの犯行そのものには妙な迫力がある。文章はへたっぴいで読むのが辛《つら》いほどだが、なぜか引きつけられる。

いや、しかし――南風は首を振った。やはり、小説としてどうか、という気になる。はっきりいって小説とはいえない。展開がでたらめだし、結末も無茶苦茶だ。考えた末、彼は横の段ボール箱に放り込んだ。段ボール箱には、落選、とマジックで書いてある。

「おい、ちょっと待て」突然、後ろから声がした。押入《おしいれ》の戸が開き、眉毛《まゆげ》の繋《つな》がった、いかつい顔の男が出てきた。

ひゃあ、と悲鳴をあげ、南風は椅子《いす》から転げ落ちた。

「ななな、なんだ、おまえは。けけけ、警察を呼ぶぞ」

「心配するな、わしは警察官だ」男は手帳を出した。「それより、どうしてその作品を落とすんだ」

「作品？　何のことだ」

「今、わしの作品を落としたじゃないか。ずっと見張ってたから、わかってるんだ」

「見張る？　どうしてそんなことを……」

「わしの作品がどうなるか気になるからだ。答えろ、どうして落としたんだ」

「そりゃあ、小説としてなってないからだよ。いくらなんでも、ひどすぎる」

「よし、じゃあどこがどうひどいのか教えてくれ。書き直すから」

「書き直す？　どこで？」

「ここでに決まってるじゃないか」男はノートパソコンを出してきた。プリンタも持ってきている。「さあ、早く教えてくれ。時間がないんだ」

南風は断ろうかと思ったが、そんなことをしたら殴られそうだった。

「やっぱり、その、何というか、主人公の行動が無茶苦茶すぎると思うんだ。殺し屋だからといって、五十人も殺しちゃうのはどうかなあ。しかも殺しの合間に詐欺もやっている。スリも泥棒も……。だから、もう少し殺す人数を減らしたほうがいいと思うんだけど」

「いっぱい殺したほうが派手じゃないか」

「限度があるよ。せめて五人ぐらいにしたらどうかな」

「わかった。じゃあ、書き直そう」そういうや否《いな》や、男はものすごい勢いでパソコンを叩き始めた。


『殺し＋詐欺＋スリ＋泥棒』を読み終えた後、犬芝五郎《いぬしばごろう》は唸《うな》った。

南風浩介が一次選考通過にした理由は、わからなくもない。かなり強引で、支離滅裂なストーリーだが、それぞれのエピソードはそれなりに面白い。だがやはり二次通過に推《お》せるほどではない。非現実的な部分が多すぎるのだ。

彼が原稿の表紙に×印をつけた時だった。こら、と頭上から声がした。

天井の板が外れ、男が飛び降りてきた。ごつい、人相の悪い男だ。

ぎゃっ、といって犬芝は腰を抜かした。「どうかお助けを……」

「怪しいものじゃない。あんたが今読んでた小説の作者だ。どうして落とすんだ？」

「いやあ、それは、あまりに荒唐無稽《こうとうむけい》というか、ハチャメチャというか……」

男は仁王立ちして、犬芝を見下ろした。

「あんたらの好みがよくわからんな。少しぐらいは荒唐無稽だったり、ハチャメチャだったほうが面白いだろ」

「それはわかるけど、程度問題だよ。主人公は殺し屋で詐欺師でスリで、おまけに泥棒でもあるわけだけど、同時に十人の財布をスッたり、たった一人で黄金の仏壇を盗んだりするっていうのは、あり得ないと思うんだよね」

「じゃあ、同時にスルのは八人ぐらいにしておくか。で、盗み出すのは、ふつうの仏壇ってのはどうだ」

「いや、スルのは三人ぐらいで、盗むのは仏壇じゃなくて仏像にしたらどうだろう」

「ふうん、そんなんじゃ、あんまりすごくないな」

「でも、現実的だよ」

「わかった。じゃあ、書き直そう」男は天井裏からパソコンを出してきた。

江戸川乱歩賞の最終候補作を決める三次選考の前日、文芸評論家の魚村鱗太《うおむらりんた》は、小説の添削作業に追われていた。何の小説かというと、『殺し＋詐欺＋スリ＋泥棒』という応募作である。彼の横には、眉毛の繋がったゴリラのような男がいた。『殺し＋詐欺＋スリ＋泥棒』に落選マークを付けた途端、ベランダから現れたのだ。

この小説のどこが悪いのだと問い詰められ、文章がなってないと答えてしまった。すると、じゃあおまえが直せと命じられたのだ。逆らうとひどい目に遭《あ》いそうな気配があった。

「なるほどなあ、プロはやはりうまいものだな」男は魚村の作業を横で見ながら、感心したようにいった。

「でもこんなことをして乱歩賞を獲れたとしても、その後作家としてやっていくのは難しいと思うよ」魚村はおそるおそるいってみた。

「それでも構わん。わしは乱歩賞が欲しいだけなんだ。もっとはっきりいうと、賞金と印税が欲しいだけだ。そっちをくれるなら、乱歩賞なんてくれなくてもいいぐらいだ」

男は、がっはっはと豪快に笑った。

6

五月某日、都内の料亭で、江戸川乱歩賞の選考会が開かれた。選考委員は五人の作家である。すでに選考は終わり、委員たちは食事を摂《と》りながら、それぞれの候補作について、改めて感想を述べ合っていた。

受賞作には、都内の予備校に通う浪人生の作品が選ばれている。すでに各新聞社にもファクスで知らせてあるはずだった。

「ところで、あの作品はどうだった？　あの長ったらしいタイトルの小説」一人の選考委員がいった。

「ああ、『殺し＋詐欺＋スリ＋泥棒』ってやつね。俺はわりと面白かったよ。よく取材してあると思ったし」

　別の選考委員が話に乗る。

「うん、犯行については結構リアリティがあった。だけど、なんというか、中途半端なんだよな」

「私もそう感じました」口を挟んだのは女流作家である。「主人公がでたらめなことをするのはいいと思うんです。展開も、これぐらい脱線したって構わないと思います。ただ、何というか、弾《はじ》け方が足りないんです」

　そうそう、と同意の声が上がる。

「どうせでたらめにやるなら、もっとやってほしいよなあ」

「殺す人数が五人とか、同時にスルのが三人とか、妙におとなしいんだよ。ここはひとつ、大ボラが欲しかったね。殺すのは五十人とか、同時に十人の財布をスルとか」

「盗むのは仏像じゃなくて仏壇とか」

　皆が朗《ほが》らかに笑った。

「そこまでやってくれてたら、俺は乱歩賞に推してたね」

　賛成、と一人がいった。

「あと、文章だね」


「文章ですね」女流作家がいう。「これまた、上品すぎるんです。下手《へた》くそでもいいから、もっと個性的な文章で突っ張ってほしかったですよね」

惜しかったんだけどねえ、と何人かが呟いた。


一方、亀有公園前派出所――。

両津がやけ酒を飲んでいた。

「ちきしょう、どうしてあの作品で落ちるんだ。いわれた通りに直したのに」

「先輩、いいじゃないですか。最終候補に残っただけでも快挙ですよ。気を取り直して、来年もう一度チャレンジしてください」中川が慰める。

すると両津は突然立ち上がった。握り拳《こぶし》を突き上げた。

「よし、決めた。乱歩賞はもう狙わない。今度は日本推理作家協会賞を獲るぞっ」

「先輩、そっちの賞は、まず作家にならないと貰えませんよ」

あとがき

推理小説を手にするとき、読者は作者に何を求めているだろう。

驚き、興奮、知的刺激、あるいは恐怖。そのためにある作者はトリックに知恵を絞り、ある作家は綿密なプロットを張りめぐらす。ある作家は旅をし、ある作家は山のような資料と格闘する。そして眠っている間すら、今書いているもの、これから書くであろうもののことを考えつづける。

それらの集大成が、推理小説の「おもしろさ」であり、それのない推理小説は、一片の存在価値すら与えられない。

プロの推理作家を名乗る者には、おもしろくない推理小説を書くことは許されない。

推理小説が、他のジャンルの小説と決定的に異なる所以《ゆえん》である。

もちろん初めから抜群におもしろい推理小説を書ける作家などいない。中には例外的に天才としかいいようのない処女作でデビューする人もいるが、大半の作家が、経験を積み、数を書くことで作家としての力をつけ、よりおもしろい作品を書くようになっていく。

推理小説が他の小説と根本的に異なることがもうひとつある。それは「条件」の文芸である、という点だ。

推理小説にはさまざまな制約がある。事件の存在、解決の条件、読者に対しフェアであること。これらに縛られつつ、読者をおもしろがらせる作品を生みださなければならない。

日本推理作家協会は、プロの推理作家の団体である。したがって「条件」をつけられる作品の執筆はお手のもの、という中堅、ベテランが揃《そろ》っている。

今回、この作品集に参加したのは、まさに日本推理作家協会を代表するメンバーである。それはいうまでもなく、推理小説としての「条件」以外に、「こち亀」の世界を描く、という更なる条件が加えられたからだ。「お遊びだろう」とおっしゃる方もいるだろう。その通り、「お遊び」だ。

しかし「お遊び」だからこそ、作者は真剣だ。同じ世界を描く以上、着想が、技術が、読者に読み比べられる。それゆえ、伝家の宝刀ともいえる自身の人気キャラクターを惜しげなく投入したのだ。

いいかえれば、「条件」をつけられたからこそ、推理作家魂を燃やしたのである。

誰《だれ》が、どんな手で、いかなるキャラクターを描くのか。この企画以外では決して生まれえない、贅沢《ぜいたく》な作品集がここにできあがった。

ぜひ楽しんでいただきたい。そして最後に「種あかし」をするなら、この作品集が生まれた最大の動機は、三十年間、一度も休むことなく週刊連載をつづけるという偉業をなしとげた、秋本治さんへの推理作家たちの尊敬の念、なのである。

大沢在昌

著者プロフィール

秋本治（あきもと・おさむ）

一九五二年、東京都葛飾区生まれ。七六年、『こちら葛飾区亀有公園前派出所』で週刊少年ジャンプの新人賞「ヤングジャンプ賞」に入選しデビュー。同年九月から週刊少年ジャンプで同作の連載を始め、一度も休載することなく少年誌の連載最長寿記録を更新中。同作で、二〇〇一年、第三十回日本漫画家協会賞を、〇五年、第五十回小学館漫画賞審査委員特別賞を受賞。ほかに『Mr.Clice《ミスタークリス》』『東京深川三代目』などの著者がある。

大沢在昌（おおさわ・ありまさ）

一九五六年、愛知県生まれ。七九年、『感傷の街角』で第一回小説推理新人賞を受賞しデビュー。九一年、『新宿鮫』で第十二回吉川英治文学新人賞と第四十四回日本推理作家協会賞を受賞。九四年、『無間人形《むげんにんぎょう》　新宿鮫Ⅳ』で第百十回直木賞受賞。二〇〇四年、『パンドラ・アイランド』で第十七回柴田錬三郎賞受賞。著書に「新宿鮫」シーリズ、『雪蛍』『欧亜純白　ユーラシアホワイト』『やぶへび』など多数。

石田衣良（いしだ・いら）
一九六〇年、東京都生まれ。九七年、『池袋ウエストゲートパーク』で第三十六回オール讀物推理小説新人賞を受賞しデビュー。二〇〇三年、『４ＴＥＥＮ フォーティーン』で第百二十九回直木賞受賞。〇六年、『眠れぬ真珠』で第十三回島清恋愛文学賞受賞。著書に「ＩＷ《池袋ウエスト》ＧＰ《ゲートパーク》」シリーズ、『娼年』『波のうえの魔術師』『チッチと子』など多数。

今野敏（こんの・びん）
一九五五年、北海道生まれ。七八年、『怪物が街にやってくる』で第四回問題小説新人賞を受賞しデビュー。二〇〇六年、『隠蔽捜査』で第二十七回吉川英治文学新人賞受賞。〇八年、『果断　隠蔽捜査２』で第二十一回山本周五郎賞と第六十一回日本推理作家協会賞を受賞。著書に「ＳＴ」シリーズ、「安積班シリーズ」、『同期』『武士猿　ブサーザールー』など多数。

柴田よしき（しばた・よしき）
一九五九年、東京都生まれ。九五年、『ＲＩＫＯ―女神《ヴィーナス》の永遠』で第十五回横溝正史賞を受賞しデビュー。著書に『フォー・ディア・ライフ』『フォー・ユア・プレジャー』などの「花咲慎一郎」シリーズ、「ＲＩＫＯ」シリーズ、「炎都」シリーズ、『少女達がいた街』『銀の砂』『水底の森』『聖なる黒夜』など多数。

京極夏彦（きょうごく・なつひこ）
一九六三年、北海道生まれ。九四年、『姑獲鳥《うぶめ》の夏』でデビュー。九六年、『魍《もう》魎《りょう》の匣《はこ》』で第四十九回日本推理作家協会賞受賞。九七年、『嗤《わら》う伊右衛門』で第二十五回泉鏡花文学賞受賞。二〇〇三年、『覘《のぞ》き小平次』で第十六回山本周五郎賞受賞。〇四年、『後巷説百物語《のちのこうせつひゃくものがたり》』で第百三十回直木賞受賞。著書に『どすこい。』『オジいサン』など多数。

逢坂剛（おうさか・ごう）

一九四三年、東京都生まれ。八〇年、『暗殺者グラナダに死す』で第十九回オール讀物推理小説新人賞を受賞しデビュー。八六年、『カディスの赤い星』で第九十六回直木賞と第五回日本冒険小説協会大賞を受賞。翌年、同作で日本推理作家協会賞を受賞。著書に「御茶ノ水署」シリーズ、「禿鷹」シリーズ、『燃える地の果てに』『重蔵始末』など多数。

東野圭吾（ひがしの・けいご）

一九五八年、大阪府生まれ。八五年、『放課後』で第三十一回江戸川乱歩賞を受賞しデビュー。九九年、『秘密』で第五十二回日本推理作家協会賞受賞。二〇〇六年、『容疑者Xの献身』で第六回本格ミステリ大賞と第百三十四回直木賞受賞。著書に『宿命』『白夜行』『幻夜』『夜明けの街で』『流星の絆』『麒麟の翼』など多数。

解説

西上心太

今や国民的な漫画となって久しい『こちら葛飾《かつしか》区亀有《かめあり》公園前派出所』（以下『こち亀』）と、日本推理作家協会を代表する七人の作家の小説世界が融合した、前代未聞、空前絶後のコラボレーションが実現した。『こち亀』の「週刊少年ジャンプ」連載30周年と、日本推理作家協会設立60周年を記念したトリビュート・アンソロジーである。やはり創刊40周年という「週刊プレイボーイ」に06年秋から順次連載された作品をまとめたものだ。

●社団法人・日本推理作家協会

寄稿してくれた七人のミステリー作家を紹介する前に、日本推理作家協会のことを説明しておこう。

日本推理作家協会とは、戦後江戸《えど》川乱歩《がわらんぽ》の呼びかけによって開かれるようになった、毎月一度の会合（土曜会）が発展して、47年6月に正式に発足した探偵作家クラブを前身とする、文筆家たちの団体である。

今の時代からは信じられないことかもしれないが、昭和十年代に入り、戦争が激しくなるに従い、ミステリー（探偵小説）は敵性文学と位置づけられ、発禁処分などの当局からの圧力が増していった。当然雑誌からの注文も減り、自由に書くことがままならなくなってきた状況だったのだ。江戸川乱歩も自著の多くを絶版に処するなど、自粛して身を潜めていた時期だった。横溝正史《よこみぞせいし》も捕物帳小説に転身し、「人形佐七捕物帳《にんぎょうさしちとりものちょう》」シリーズを書き始めるが、その佐七すら時局に合わないので、キャラクターを変えるようにという命令を受けたそうだ。岡山に疎開していた横溝正史が終戦を知った時、これで心おきなく本格ミステリーを書くことができるという胸の高ぶりを抑えることができなかった、というエピソードはあまりにも有名だ。

さて戦時中はほとんど創作に携わらず、町内会の自治活動に力を注いでいた乱歩だったが、復興著しい戦後ミステリー界の発展と親睦《しんぼく》をはかるための音頭取りを買って出たのである。会員数103名、江戸川乱歩を初代会長に仰いで出発した探偵作家クラブは、翌年から優れたミステリーを顕彰する探偵作家クラブ賞を設立する。栄えある第一回の長編賞に選ばれたのが横溝正史の『本陣殺人事件』だった。

54年には48年から活動していた関西探偵作家クラブを関西支部として併合し、日本探偵作家クラブと改称する。さらに同年、江戸川乱歩が自身の還暦を記念して寄付した百万円を基金として、江戸川乱歩賞が制定された。当初の江戸川乱歩賞はミステリー界の功労者への顕彰を行なっていたが、57年の第三回からは新進作家の発掘育成を目的とした、公募による長編ミステリー新人賞へと変更された。それ以来、もっとも知名度のあるミステリー新人賞として、現在に至っている。

63年には懸案だった社団法人化が実現する。この時も乱歩は病身を押して、目的の実現のために奔走したという。乱歩は社団法人日本推理作家協会と改称・改組された組織の初代理事長に就任するのだ。その後は徐々に会員数を増やし、現在はミステリーを中心としたエンターテインメント系の作家の他、評論家、翻訳家、画家など六百人を超す会員が所属する、日本の主要な文芸団体の一つになっている。

日本推理作家協会賞（長編・連作短編部門、短編部門、評論その他部門）と江戸川乱歩賞の選出と顕彰、推理小説年鑑の発行、機関誌の発行などが協会の主要事業であることは変わっていない。その他にもさまざまな文化イベントへの参加や、会員相互の親睦を深める活動が積極的に行なわれているのが現況である。

97年に設立50周年を迎えた時は、辻《つじ》真先《まさき》オリジナル脚本による文士劇『ぼくらの愛した二十面相』が東京のよみうりホールで公演され、大いに話題を呼んだ。後にＮＨＫの衛星放送からも放映されたのでご覧になった方も少なくないかもしれない。

設立60周年を迎えた07年11月11日には、江戸川乱歩と所縁《ゆかり》の深い立教大学キャンパスを会場にして、「作家と遊ぼう！　ミステリーカレッジ」という大イベントが開催され、本書の執筆メンバーも全員が参加した。このイベントはまさに大学の学園祭そのものといっていいだろう。作家とお茶を飲みながらのティー・トーク・パーティ、ミステリー検定試験、新作ミステリー落語・講談の口演、推協会員大挙出演というミステリー映画「消えた理事長」上映、チャリティオークションなど数多くのプログラムが、朝の10時から夕方4時まで、大学の講堂や教室のあちこちで同時多発的に進行していったのである。参加されたファン数も千五百人を超え、楽しんでいただけたようでなによりだった。なおこのイベントの様子をまとめた「作家と遊ぼう！　ミステリーカレッジメモリアルブック」（角川書店）が発売されている。

●大沢在昌

　さて当コラボのトップバッターは、05年から09年の二期四年、日本推理作家協会理事長を務めた大沢在昌《おおさわありまさ》である。『超こち亀』（集英社・06年刊行）に掲載されている秋本治《あきもとおさむ》との対談を読めば、大沢の『こち亀』に対する愛読者ぶりと、同じ創作者として『こち亀』へ向ける深い敬意の念がよくわかると思う。トップバッターにふさわしい人選であろう。

　大沢在昌は第一回小説推理新人賞（双葉社）に応募した短編「感傷の街角」が同賞を受賞し、23歳という若さで作家デビューを果たした。少年時代からさまざまなミステリーに親しんできたが、特にレイモンド・チャンドラーや生島《いくしま》治郎《じろう》に魅せられた大沢は、ハードボイルド小説の衣鉢を継ぐことを決意し、作家への道を歩み始めるのだ。

　デビュー作「感傷の街角」の主人公である調査員の佐久間公《さくまこう》は、作者と同世代に設定されている。大沢は人生経験を積まないと書くことが難しいといわれるハードボイルドを書くにあたり、作者の分身のような等身大のヒーローを創造したのである。佐久間は同じ若者たちの心情を理解できる調査員として登場した。そして失踪した彼らを追う過程で浮かび上がる社会の矛盾や、家庭の歪《ゆが》みによって引き起こされた犯罪と向い合い、《探偵》という生き方にこだわりながら戦い続ける佐久間の姿を描き続けたのである。正統的なハードボイルドを継承し、若さという新しさを盛り込もうとした、若者らしい真っ正直なアプローチであった。

一方で、育ての親が経営する私立探偵事務所で、アルバイト探偵を務める高校生が主人公というコメディタッチの「アルバイト探偵《アイ》」シリーズという、対照的なシリーズも書き継がれる。この他にも「六本木聖者伝説」や「いやいやクリス」などのシリーズものや、冒険小説の要素が強い『標的はひとり』など数多くの単発作品を発表した。

だが意欲的な作品を次々と発表するにもかかわらず、セールス面では不遇の時代が続いていたようだ。その大沢在昌が大ブレイクするきっかけとなったのが、90年に発表された警察小説『新宿《しんじゅく》鮫《ざめ》』だった。

主人公の鮫島《さめじま》は、国家公務員I種試験を合格して警察に入所した人物だ。つまり二十万人を超す全国の警察官のうち、わずか0.2％しかいないというキャリア警察官なのである。警察学校の研修が終わり、赴任した時点ですでに警部補、数年で警部に昇進し、あとは警察組織の出世階段を猛スピードで登っていく超エリートである。だが鮫島は上層部の権力争いに巻き込まれ命を失った同期の男から、警察の根幹を揺るがす機密書類を預かってしまう。両陣営からの恫喝《どうかつ》や懐柔に応じなかった鮫島は、警察組織の上層部にとって、アンタッチャブルな歩く爆弾になってしまったのだ。彼らは鮫島の階級を警部に留めおいたまま、通常キャリア警察官が赴任することはない最前線の現場――所轄《しょかつ》署である新宿署の防犯課（現在は生活安全課）に追いやってしまう。キャリア組から放逐され、ノンキャリア組からは煙たがられる鮫島だったが、刑事の基本をたたき込んだ後、犯罪者から《鮫》と恐れられる刑事になったのである。

こうして『新宿鮫』はベストセラーを記録し、翌年の第四十四回日本推理作家協会賞長編部門を受賞した。そしてシリーズ第四作『無間人形《むげんにんぎょう》　新宿鮫Ⅳ』で、ついに第百十回直木賞を受賞するまでに至るのだ。

それ以降も旺盛《おうせい》な創作意欲は全く衰えを知らず、同じ新宿を舞台にした犯罪小説『北の狩人』、『砂の狩人』、犯罪者と刑事の脳が入れ替わるというSF的設定のアクション小説『天使の牙《きば》』、『天使の爪《つめ》』など話題作を次々と発表している。年齢を重ね(40歳)、より深みを増した佐久間公が久しぶりに姿を見せた正統派ハードボイルド『雪蛍《ゆきほたる》』、『心では重すぎる』も忘れてはならないだろう。この他にも逃亡の手助けをする闇《やみ》世界のプロフェッショナルが登場する『闇先案内人』、第十七回柴田錬三郎賞を受賞した『パンドラ・アイランド』など話題作には事欠かない。06年には新宿鮫シリーズ九作目の『狼花《おおかみばな》 新宿鮫Ⅸ』を、以後も狩人シリーズ三作目にあたる『黒の狩人』や、ウエスタン小説的なおもむきがある新作『罪深き海辺』などを発表している。

「幼な馴染《なじ》み」にはその鮫島が登場する。鮫島は孤立無援のはみ出し者であるが、署内に数少ない味方がいる。それが防犯課の同階級の上司である桃井《ももい》と、鑑識課の藪《やぶ》である。そして鮫島の恋人がロックバンド、フーズ・ハニイでボーカルを担当する晶《しょう》なのだ。フーズ・ハニイは無名のバンドに過ぎなかったのだが、ある時大ブレイクし、晶はすっかり有名人になってしまった。シリーズの中でもかつては仲睦《なかむつ》まじかった鮫島と晶の距離が開いていっている。二人の関係がどうなるのかも、シリーズの続きを読む楽しみの一つとなっている。

二人が初詣《はつもう》でデートに新宿を避けて、藪の地元である浅草に出かけるのも、顔が売れた品のこともあるからなのだ。二人は土産《みやげ》を買うため藪の案内で、おいしい佃煮《つくだに》屋に寄るが、そこで藪はもっとも会いたくない人物と遭遇してしまう。知られざる藪の幼少時代、そして鮫島と両さんという二人のはみ出し者。下町浅草で意外な人間関係が明らかになる、ちょっぴりノスタルジックな一編である。

●石田衣良

石田衣良《いしだいら》は97年に「池袋ウエストゲートパーク」で第三十六回オール讀物推理小説新人賞（文藝春秋）を受賞してデビューした。この賞は06年の応募が二千編を超えたというくらい競争率が高いのだが、受賞後のハードルが高いことでも有名である。短編の新人賞なので、作品がまとまらない限りなかなか本にならないのだ。しかも受賞第一作であっても、よほどのレベルの作品を書かないと、なかなか「オール讀物」誌に載せてもらえないのである。このためそのまま消え去ってしまう受賞者も多い。また今名を売っている受賞者でも、後に他の長編新人賞を受賞し、本が出版されたので作家になれたという例が少なくないのだ。

ところが石田衣良の場合は受賞作に続き、三月ごとに続編が掲載され、書下ろしの一編を加え、一年後には『池袋ウエストゲートパーク』として、すんなりと一冊にまとまったのである。以降も通称「ＩＷＧＰ」シリーズはコンスタントに掲載が続き、すでに単行本も十作目を数えている。

このシリーズの主人公は、一年前に〝ヤー公のファーム〟と呼ばれる地元の工業高校を卒業した真島誠《まじままこと》である。気が向けば池袋西口商店街にある実家の果物屋を手伝うが、基本的にはウエストゲートパークこと、池袋西口公園にたむろする今どきの若者である。記念すべき第一話は、仲良くなったコギャルコンビの一人がラブホテルで殺された事件を、池袋を根城にするギャングボーイズのヘッドであるタカシや、仲間の協力を得て犯人捜しをするというストーリーだった。

ツッパリ少年、コギャル、チーマーなど今どきの若者の生態を、みずみずしい文体で生き生きと描いた作品は、さっそく売れっ子の宮藤官九郎《くどうかんくろう》の脚本により、テレビドラマ化され、原作の人気も爆発させたことは記憶に新しい。シリーズが進むに連れ、誠はタウン誌にコラムを書くようになるなど、徐々に成長を遂げていく。最先端の若者の風俗と、若者が巻き込まれる事件をシャッフルし、さらに主人公の成長物語を絡《から》ませ、軽快な物語に紡ぎ上げていく手際には独特の味わいがある。池袋のトラブルバスターとして名を売った誠の活躍はまだまだ続くに違いない。

「IWGP」シリーズ以外ではやはり第百二十九回直木賞を受賞した『4TEEN』を忘れてはならないだろう。超高層マンションとレトロな昭和の町の佇《たたず》まいが混在する東京の月島《つきしま》を舞台に、四人のティーンエイジャーたちの日常を鮮やかに浮かび上がらせた青春小説の傑作である。また『波のうえの魔術師』は、銀行相手に大胆な詐欺《さぎ》を仕掛ける老人と若者の行動を克明に描いた、コンゲーム小説である。経済の仕組み、株取引のあれこれなどを自然と学びながら、頭脳による犯罪を楽しむことができる。また『娼年』は、女性に身体《からだ》を売る男娼《だんしょう》の生態をエロティックに描いた異色の恋愛小説だ。最近は「IWGP」シリーズを除くと、恋愛小説寄りの作品が目立つようだ。

「池袋⇕亀有エクスプレス」は、こともあろうにレイバンのサングラス、キャメルのトレンチコート、さらにはグレイフラノのボルサリーノでびっちりと決めた両さんが、店番をする誠の元にやってきて相談を持ちかけるのが発端だ。

誠のなじみである池袋署の吉岡刑事が両さんと警察学校で同期だった繋《つな》がりから、誠の名を聞いたのである。東京を代表する盛り場で、今どきの若者とコンビを組んだ両さんが、はたしてどんな活躍を見せるのだろうか。

●今野敏

第三話の「キング・タイガー」には今野敏《こんのびん》の作品キャラクターは登場しない。だが今野の趣味と、両さんの趣味が合致した心温まるドラマが展開されるのだ。内容に触れる前に、作者の紹介をしよう。

今野敏は上智大学在学中の78年に、第四回問題小説新人賞（徳間書店）を「怪物が街にやってくる」で受賞した。大学を卒業後、レコード製作会社に就職し、そのかたわら初の著書となる『ジャズ水滸伝《すいこでん》』を82年に刊行する。それを皮切りに、当時のノベルス隆盛の波に乗り、高校生時代から空手を始めていた経験を生かした伝奇バイオレンスアクション小説――「超能力者」シリーズや「聖拳伝説」シリーズなどを量産していく。

その後、東京の小さな所轄署の刑事たちの集団捜査を描いた「ベイエリア」シリーズを発表し話題となる。このシリーズはエド・マクベインの87分署を髣《ほう》髴《ふっ》させる警察小説の佳作で、近年は「新・ベイエリア」シリーズとなって復活し、また旧作品も文庫化され、再評価が著しい。

著者が大きな転機を迎えたのが、94年に発表された初のハードカバー作品である『蓬萊《ほうらい》』だろう。国造りシミュレーションゲームに隠されているという、日本の成り立ちを揺るがすような秘密をめぐり、暗闘がくり広げられる異色サスペンスは、年末のベストテン企画で入選をはたすなど高い評価を受けた。

その後は連続殺人の容疑者となった女子高生を追いながら、現代の風俗を鋭く捉《とら》えた警察小説『リオ』や、刑事の父とダンスにうちこむ息子の交流を描いた『ビート』など力作を発表している。また特殊能力を持った五人の警視庁科学捜査研究所の職員が活躍する、ポップな警察小説である「ST」シリーズはファンの心をつかみ、ベストセラーを記録している。

そしてついに06年には前年に発表された、マジメ一方の堅物キャリア警察官という、およそミステリーの主人公にふさわしくないキャラクターの、公私にわたる苦悩と活躍を描いた異色の警察小説『隠蔽《いんぺい》捜査』で、第二十七回吉川英治文学新人賞を受賞したのだった。さらに08年にはその続編に当たる『果断隠蔽捜査2』で第二十一回山本周五郎賞と第六十一回日本推理作家協会賞長編および連作短編部門を受賞した。その後もシリーズ三作目となる『疑心　隠蔽捜査3』、同期生同士の刑事を描いた『同期』、そして『叛撃』を発表するなど、警察小説の第一人者として旺盛な創作活動を展開している。

今野敏は作家のかたわら、沖縄の古い流派に連なるという《空手道今野塾》を主催しており、日本各地はもとよりロシアにも支部を開いている。『ST黒いモスクワ』、『白夜街道』などロシアが舞台となる作品が目立つのも、毎年ロシア支部に稽古《けいこ》に行く経験が生かされているのだろう。また『惣角《そうかく》流浪』、『山嵐』、『義珍《ぎちん》の拳』、『武士猿　ブサーザールー』など実在した武道家たちの生涯を描いた作品も、今野敏の創作活動の柱となっている。

もう一つの今野敏の特技が、フィギア製作である。実は今野敏は熱烈なガンダムファンであり、ガンダムに登場するメカを多数製作しているのである。97年にはいじめられっ子の少年がフィギア製作の魅力に取り憑《つ》かれ、プライドを取り戻していくという、ユニークな手法でいじめ問題と取り組んだ、異色のオタク小説『慎治』を発表しているほどだ。

「キング・タイガー」の主人公は、定年退職を機会に亀有に越してきた元警察官である。彼は自分の楽しみや家族を犠牲にし、血のにじむような努力を積み重ね、警視にまで出世していた。ふと地元の模型店で見かけた、見事に彩色された戦車のプラモデル。彼は少年のころの夢を思い出し、その戦車——両さんとかいう人が作った——に負けないような作品を作ろうとプラモ製作にのめり込んでいく。同じ警察官として両さんの対極にあるような人物を配しながら、顔を合わせることのない二人が、プラモデルを介在して繋がっていく。両さん顔負けのプラモ好きな作者ならではの蘊蓄《うんちく》が横溢《おういつ》する一編で、感動のラストが泣かせる。

●柴田よしき

第四話「一杯の賭《か》け蕎麦《そば》」は、この企画の紅一点である柴田《しばた》よしきの作品である。『こち亀』は少年漫画だが、柴田よしきは『こち亀』の連載が始まった初期のころは毎週ジャンプを買って読み、会社員時代もランチタイムにお店で読み、後にはアニメ版『こち亀』にはまったお子さんと一緒に全編見たというほどのファンだそうだ。

柴田よしきのデビューは95年、『RIKO—女神《ヴィーナス》の永遠—』で第十五回横溝正史賞（現・横溝正史ミステリ大賞／角川書店）を受賞したことがきっかけだ。

レイプビデオが絡んだ連続殺人事件を捜査する警察小説なのだが、ヒロインである女性刑事・村上緑子《むらかみりこ》の造型と、彼女を取巻く凄《すさ》まじい環境が話題を呼んだものだった。なにせ緑子は同僚の警察官たちにレイプされた過去がある。そのショックを振り払うかのように、己の性衝動に突き動かされるまま、奔放に行動する緑子の姿を、情念あふれる文体で活写したのである。案外保守的な男性読者は、これまでにないタイプのヒロインを眼前にして、大いなるショックを受けたのだった。

シリーズ二作目の『聖母《マドンナ》の深き淵』では緑子は私生児を産み、三作目の『月神《ダイアナ》の浅き夢』ではハンサムな若手刑事を惨殺するシリアルキラーの事件を捜査するうち、刑事である元夫の過去の不祥事まで暴き出してしまうのだ。

だがハードな内容の緑子シリーズは、この作者のほんの一面に過ぎなかった。柴田よしきは、いくつもの引出しを持った職人作家であることがすぐに証明されたのだ。たとえばあまり売れない女性ミステリー作家の飼い猫の正太郎が活躍する、ほのぼのとした連作「猫探偵正太郎」シリーズがある。赤川次郎《あかがわじろう》の三毛猫ホームズをはじめ、似たような設定は多いけれど、飼主のドジぶりをちょっぴり冷笑的に見つめ、人間の察しの悪さをぼやく正太郎視点の物語と、正太郎の内面に立ち入らない人間視点のみで描かれた物語が交互に配されるなど、叙述に工夫が為《な》されている点も見逃せない。

さらに妖怪たちがわらわらと出現し、古都・京都で暴れ回り、破壊の限りを尽くす、伝奇SFパニック小説の「炎都」シリーズ、突然空中に指が現れ、社会にパニックを引き起こすホラー小説である「リアルゼロ」シリーズなどを次々と発表していった。

このほかにはシティホテルで起きた怪事件を描いた『淑女《しゅくじょ》の休日』、若手編集者が事件に巻き込まれる『Miss You』、70年代の女子高生の青春と、20年後にその時起きた迷宮事件を調査する刑事を描いた『少女たちがいた街』など、単発の作品にも作者ならではの傑作が多い。

女性を記号的な役割に押し込めるのではなく、ある時は女性作家であっても剔出《てきしゅつ》しようとしなかった女性の持つ嫌らしさや身勝手さを、目を背けることなくひるみなく描き尽くす。その一方で、女性の心情を優しく汲《く》み取って活写するなど、生き生きとした女性の描写には定評がある。

また緑子シリーズや近作の『聖なる黒夜』など、やおい系やボーイズラブ系と呼ばれる小説に通底する要素が、確信犯的に含まれている作品もある。これもまた柴田の作品が特に女性に受ける要因の一つなのではないだろうか。誤解を受けるといけないので断っておくが、あくまでそれはわかる人が読めばの話。微妙な（そうでもない作品もあるが）隠し味というところか。時代に先んじていたためか、デビュー作でそれを指摘する評論家は一人もいなかったはずだ。

さて「一杯の賭け蕎麦」に登場する花咲慎一郎《はなさきしんいちろう》もシリーズキャラクターの一人である。彼は新宿二丁目というかなり特殊な風俗街で、無認可保育園を経営する園長である。赤字続きの保育園経費の補填《ほてん》と、ヤクザから借りている借金の返済のため、私立探偵のアルバイトに励まなくてはならない境遇なのである。このシリーズも最新作の『ドント・ストップ・ザ・ダンス』を含め五作出版されている。他のシリーズからスピンオフしたキャラクターも登場する、作者の作品群の軸の一つとなっているシリーズなのだ。

「一杯の賭け蕎麦」ではいきなり花咲の保育所に秋本麗子《あきもとれいこ》が突然現れ、花咲をまるで拉致《らち》するかのように中川圭一《なかがわけいいち》が運転するパトカーに乗せ、両さんが待ちかまえる亀有公園前派出所まで連れて行くのが発端だ。花咲と両さんという、二人の人情派おやじの対決が見られる一編である。

●京極夏彦

公募新人賞を受賞してデビューを果たすのが、最近のエンターテインメント系作家のパターンだ。実際、本書の執筆者も一人を除いて皆それを踏襲しているが、そのただ一人の例外が京《きょうごく》極夏彦《なつひこ》である。京極は本業のデザイナーの仕事に従事しながらある作品を書き上げた。だが原稿枚数が各新人賞の応募規定を超えていたため、講談社ノベルス編集部に持込んだのだという。デビュー作となった94年の『姑獲鳥《うぶめ》の夏』はこういう経緯で世に出た。ちなみに突然の京極の出現に驚いた講談社ノベルス編集部は、「枚数制限なし、締切なしの随時受付け」という、「持込み」をシステム化したメフィスト賞を設立し、現在に至るまで数多くの作家を送り出している。

京極夏彦の創作の中心となるのが『姑獲鳥の夏』から最新作『邪魅《じゃみ》の雫《しずく》』まで八冊を数える京極堂シリーズだろう。中野で古本屋京極堂を営みながら、憑《つき》物《もの》落しも請け負う中《ちゅうぜんじ》禅寺秋彦《あきひこ》、精神症の売れない小説家関口巽《せきぐちたつみ》、大財閥の息子で薔薇《ばら》十字探偵社を開いているエキセントリックな榎木津《えのきづ》礼二郎《れいじろう》の三人が、昭和二十年代を舞台に、妖怪が絡んだ奇っ怪な事件に巻き込まれていく。基底には本格ミステリーの結構を備えていながらも、妖怪にまつわる伝承や伝説の蘊蓄がたっぷりと語られる。シリーズが進むに連れ、多くの登場人物が相互にリンクし、異形の大伽藍《だいがらん》ともいうべき一つの小宇宙を形成していく。第二作の『魍魎《もうりょう》の匣《はこ》』で早くも96年の第四十九回日本推理作家協会賞長編部門を受賞し、あっという間に人気と実力を兼ね備えた作家となった。普通のノベルス本の三、四倍はあるかという分厚い本は、お弁当箱とかサイコロ本という異名を取っている。だが最近は分冊バージョンの文庫も出ているので、京極初心者はご安心を。

97年には「四谷怪談」の世界を題材に取った時代小説『嗤《わら》う伊右衛門』で泉鏡花賞を受賞。さらに江戸時代の読本や芝居で多く作品化されている小幡《こはだ》小平《こへい》次《じ》を題材にした『覘《のぞ》き小平次』で03年の第十六回山本周五郎賞を、『後巷説《のちのこうせつ》百物語』で04年の第百三十回直木賞を、という具合にメジャーな文学賞を次々と受賞している。

京極堂シリーズと時代小説の他には、京極堂シリーズからスピンオフした脇役たちをフィーチャーしたサイドストーリー集ともいうべき百鬼（百器）シリーズ（『百鬼夜行　陰《いん》』、『百器徒然袋　雨』など）も忘れてはならないだろう。

そして三つめのシリーズが妖怪をトリックに使ったトラブル解決人たちの活躍を描いた巷説百物語シリーズである。

御行《おんぎょう》の又一《またいち》、山猫廻《まわ》しのお銀など一癖も二癖もある連中がチームを組み、市井《しせい》の難題を解決していくのだ。『必殺』シリーズと『スパイ大作戦』を合わせたような趣向なのである。江戸時代が舞台となる『巷説《こうせつ》百物語』、時代が明治に移る『後巷説百物語』、そして語り手である山岡百介《やまおかももすけ》が又一らと出会う前の物語である『前巷説《さきのこうせつ》百物語』、上方が舞台となる『西巷説《にしのこうせつ》百物語』がある。

この他にも近未来の管理社会で起きた連続殺人事件に翻弄《ほんろう》される少女を描いたSF『ルー＝ガルー』、相撲《すもう》取りをモチーフにしたパロディ小説集『どすこい。』などがある。

また落語や狂言にもオリジナル作品を提供し、いずれも一流の演者によって上演されるなど、小説にとどまらない文筆活動も盛んである。妖怪研究家としても有名で、各地で行なわれる妖怪関連イベントに参加し対談や講演を行なうなど、多方面で活躍している。もともとの本業だったデザイン関連でも、多数の本の装丁を手がけている。

この七人の中でも『こち亀』度はナンバーワンだろう。なにせ全単行本を精読しているというのだ。「ぬらりひょんの褌《ふんどし》」の中でも、初期に一度だけ登場するに過ぎない人物や、大原《おおはら》部長の住んでいる場所に言及するなど、マニアならニヤリとするようなカルトなネタがあちこちにちりばめられている。中野の安アパートで一人暮らしを始めたばかりの若き日の大原部長が出会った、密室の怪事件。それは後に大原部長のトラウマにもなった忌《い》むべき記憶である。人物のからみ具合といい、特性を生かしたトリックといい、実に意外性たっぷりの一編だ。

ここに登場する五流ミステリー作家の南極夏彦《なんきょくなつひこ》は、『どすこい。』や『南極（人）』に登場するキャラクターである。

そして真相を解き明し、大原部長のトラウマ落しを行なう古本屋を営む老人とは、もちろんあの人だろう。

●逢坂剛

ラス前に登場するのは二代前の日本推理作家協会理事長だった逢坂剛《おうさかごう》である。理事長時代に会報（ホームページから読めます）で始まった連載エッセイ「剛爺コーナー」は、空前（笑）の人気を呼び、理事長を大沢在昌に譲った後も「新・剛爺コーナー」と名を変えて連載中だったが、惜しまれつつ09年5月号で連載終了となった。10年3月に単行本化されている。

剛爺こと逢坂剛は、昭和三十年代生まれの他の六作家より、一世代以上離れた一九四三年生まれである。だが、30年前に『こち亀』連載が始まった時、両《りょう》津勘吉《つかんきち》の年齢を35歳前後に想定していたということからいえば、両さんともっとも年齢が近いともいえるのではないだろうか。

逢坂剛は80年に「暗殺者グラナダに死す」（改題）で第十九回オール讀物推理小説新人賞（文藝春秋）を受賞してデビューした。大手広告代理店勤務という二足のわらじを履いた週末作家だった。初長編となった作品が81年の『裏切りの日日』で、この作品に登場した公安刑事の倉木《くらき》は、大評判を取った86年の『百舌《もず》の叫ぶ夜』にも登場する。

逢坂剛は大変なスペイン通で、デビュー前にすでにスペインを舞台にした1300枚に及ぶ大長編冒険小説を完成させていた。ところが当時の状況では、新人がそんなに厚い作品を出版することは不可能だった。ようやく86年にその幻のデビュー作『カディスの赤い星』が発表され、なんと第九十六回直木賞、

第四十回日本推理作家協会賞をダブル受賞するという離れ業を成し遂げたのである。

その後、会社を退職し専業作家になってからはひときわ創作活動が旺盛になっていく。スペインものでは水爆落下事件を扱った『燃える地の果てに』や、スペインから見た第二次世界大戦クロニクルであるイベリア・シリーズ（既刊六作品）の評価は高い。

警察小説の分野では掟破《おきてやぶ》りの刑事を主人公にした『禿鷹《はげたか》の夜』に始まる禿鷹シリーズが出色だろう。ヤクザを顎《あご》で使い恬《てん》として恥じない刑事禿富《とくとみ》が主人公。甘さのないストーリー展開は悪徳警官もののジャンルに新風を吹きこんだ。禿鷹と正反対なのが、本編に登場する極楽コンビと揶揄《やゆ》される二人の刑事を描いた御茶ノ水警察署シリーズだ。管内でタダ酒タダ飯にありつくことが楽しみという、元同級生の上司と部下がメインキャラクターを務めるユーモアものだ。

さらに蝦夷地《えぞち》探検で有名な近藤重蔵《こんどうじゅうぞう》の若き日を描いた『重蔵始末』を発表し、時代小説の分野にも乗りだす。これもすでにシリーズ化され、09年に六作目が発売されている。この重蔵シリーズには、時代小説の挿絵では第一人者である実父・中一弥《なかかずや》の挿絵が挿入されており、親子の共演が楽しめる。またウエスタン映画好きの血が騒ぐのか、『アリゾナ無宿』、『逆襲の地平線』というウエスタン小説も書いている。

このように逢坂剛は、さまざまなジャンルにあくなき挑戦を続けている。しかもどの作品にも行きとどいた取材の裏打ちがあり、揺るぎない達意の文章力をもって平明に物語を語っていくのだ。さらに初期のころに比べて減ったとはいえ、作品全体を覆う大がかりなトリックが仕掛けられることもあるので、油断できない。年齢を全く感じさせない作家である。

「決闘、二対三！の巻」は、御茶ノ水署にやってきた亀有ペアと凸凹《でこぼこ》コンビの、一筋縄ではいかない手柄争いが楽しめる。

●東野圭吾

トリを務めるのは、09年6月に大沢在昌の後をうけ日本推理作家協会理事長に就任した東野《ひがしの》圭吾《けいご》である。最近はガリレオ・シリーズや『流星の絆《きずな》』などの映像化によって人気が爆発、いまもっとも売れている作家といっても過言ではない存在である。東野は全く本など読まない少年だったらしいが、ある時偶然手に取った乱歩賞受賞作である小峰元《こみねはじめ》『アルキメデスは手を汚さない』を読んで、いたく感動しミステリーの虜《とりこ》になったという。やがて自分もミステリーを書いてみようと決意する。学生時代は習作に終始したが、大学を卒業しサラリーマンになって仕上げた作品を江戸川乱歩賞（日本推理作家協会・講談社）に応募したところ、なんと初投稿にもかかわらず最終選考に残ってしまう。惜しくもこの年は落選したが、翌85年に続けて応募した『放課後』が第三十一回の同賞を受賞する。それを機会に東野はすっぱりと会社を辞め、上京して専業作家の道を歩み始め、デビュー六年ほどで二十作を超える作品を発表する。

高校と大学という違いはあるが、受賞作同様学園生活で起きた殺人を描いた『卒業』、『学生街の殺人』、『白馬山荘殺人事件』や『十字屋敷のピエロ』など館《やかた》や山荘で事件が起きるトリッキーな作品、バレエ界やスキージャンプ競技など異色の舞台を描いた『眠りの森』、『鳥人計画』などである。どれも意欲に満ちあふれた水準以上の作品だったが、作者が思うほどには業界の評価や売上が伴わなかったようだ。

その後は実験的な手法を積極的に用い、トリックや犯人の謎《なぞ》ではなく、別のタイプの意外性に力点を置いた作品を発表する。ライバル二人の間に思わぬ因縁が浮かび上がる『宿命』は今なお評価が高い。徐々に社会派的な作品にシフトしていくのかと思えば、純粋な犯人当て『どちらかが彼女を殺した』を発表したり、自身の著作も多い本格ミステリーを揶揄《やゆ》するかのようなパロディ作品集『名探偵の掟』を書くなど、これは今も変わらないが次の作品の予測が全くつかない作家であった。同じような傾向の作品を続けないという、作家の意地というか、へそ曲がりというか、その間口の広さも東野圭吾の魅力となっている。

亡くなった妻の意識が娘に乗り移ってしまう『秘密』は映像化され、大いに話題を攫《さら》った。ついで発表されたのが構成そのものに秘密が隠されたクライムノベルとも悪女ものとも読める大作『白夜行』である。このころからの充実ぶりは素晴らしく、性同一性障害を扱った『片想い』、推理舞台劇のような緊迫感がある『レイクサイド』、タイムスリップを扱った『時生《トキオ》』、映画化されて文庫版が大ベストセラーとなった犯罪者の肉親の悲しみと苦しみを描いた『手紙』など、バラエティに富み、高水準を維持した作品を相次いで発表したのである。

だがこれだけの実力を持ちながら、文学賞との縁は薄かった。99年に『秘密』で第五十二回日本推理作家協会賞を受賞するまで、短編部門を合わせ五度も候補になり落選しているのだ。また直木賞も同じく五回落選し、06年に六度目のノミネートとなった『容疑者Xの献身』でようやく受賞が決まった。この作品は第六回本格ミステリ大賞も受賞し、各誌のベストテン企画でも1位を占めるなど大いに話題を呼んだ。ところが『容疑者Xの献身』がはたして本格ミステリーであるのかという議論が巻き起こり、半年以上にわたってミステリー専門誌上で激しい論争が展開されたことも記憶に新しい。

その後も家族の絆と謎解きを融合させた『赤い指』や、タイムリミットサスペンスに人間の心の問題を絡ませた『使命と魂のリミット』など、東野圭吾ならではの力作をコンスタントに発表している。片時も目を離すことができない作家である。

この企画の掉尾《ちょうび》を飾る「目指せ乱歩賞！」は、七作品中もっともケレンに満ちた作品といえるだろう。江戸川乱歩賞の賞金が一千万円であることを知った両さんは、濡《ぬ》れ手に粟《あわ》とばかり、猛烈な勢いで作品をでっち上げ応募する。もとよりそんな乱暴に仕上げた作品が予選を通るわけはないのだが、そこはこち亀。いかにも両さんらしい方法で最終選考まで押し上げてしまう……。乱歩賞の裏面を描くパロディでもあるのだが、くれぐれも応募者は両さんの真似《まね》をしないように。

亀有公園で開かれた『こち亀』祭りに参加した、七軒の出店《でみせ》の味はいかがだったろうか。気に入った方は、各「本店」をぜひとも訪れてほしい。そこには出店では味わえない、さまざまな味を持つ、豊富なメニューが用意されているからだ。このアンソロジーがきっかけとなり、読者の方々の味覚が、より一層豊かなものに広がれば幸いである。

（にしがみ・しんた 文芸評論家）

集英社文庫

小説《しょうせつ》こちら葛飾区《かつしかく》亀有公園前《かめありこうえんまえ》派出所《はしゅつじょ》

2011年5月25日　第1刷　　　　定価はカバーに表示してあります。

原　作　秋本《あきもと》　治《おさむ》

著　者　大沢在昌《おおさわありまさ》　石田衣良《いしだいら》　今野《こんの》　敏《びん》　柴田《しばた》よしき

京極夏彦《きょうごくなつひこ》　逢坂《おうさか》　剛《ごう》　東野圭吾《ひがしのけいご》

監　修　日本推理作家協会

発行者　加藤　潤

発行所　株式会社　集英社

東京都千代田区一ツ橋2-5-10　〒101-8050

電話　03-3230-6095（編集）

03-3230-6393（販売）

03-3230-6080（読者係）

印　刷　図書印刷株式会社

製　本　図書印刷株式会社

フォーマットデザイン　アリヤマデザインストア　　　マークデザイン　居山浩二

ISBN978-4-08-746689-8 C0193